GOBOOKS
& SITAK
GROUP©

三日月書版

三日月書版

輕世代
FW138
1
滅世審判
第一審 嫉妒
三日月書版
YY的劣跡 著
水々 繪

滅世審判

1

目錄

Wang Chen

王晨

性　　別：男

年　　齡：22（？）

身　　份：大學畢業生

處　　境：待業

隱藏身分：魔王候補

真實處境：隨時面臨來自其他魔王候補的生命威脅，刻苦修煉中。

性　　格：只要不受到外力逼迫，就是得過且過的性子，而一旦發現被人逼到無路可走，就會狠狠反撲。意外地，非常堅持自己的原則，誰都無法動搖。

評　　價：外表看似無害，其實是一隻披著羊皮的獅子，建議不要輕易招惹他。

危險等級：★★★⯪☆

William

威廉

性　　別：男

年　　齡：未知

身　　份：王晨的魔物管家

處　　境：一心輔導殿下成為下一任魔王

隱藏身分：不明

真實處境：不明

性　　格：理智而冷漠，十分擅長玩弄手段，
為實現目的，甚至不惜與敵人合作。
情感淡漠，本不該有在意的事物。
意外地，十分堅持讓王晨繼任魔王，信念堅定。

評　　價：外表孤傲，拒人千里之外，
但其實是個內心比表徵更恐怖的傢伙，
強烈建議絕不能招惹他。

危險等級：★★★★★

Chapter 1

審判開始（一）

繁華的都市，繁忙的人，繁雜的生活。

日復一日轉動的地球，時光在一天天流逝，誰都沒發現，隱藏在日常中的危險。

王晨走在街上，廉價的西裝因擁擠而出現褶皺。酷熱讓大街上的每個人都苦不堪言，然而剛在人山人海的地方待了三個小時的王晨，身上竟一點汗都沒出。他面色平靜，皮膚沒有絲毫汗濕的跡象，比起其他穿著短褲背心還拚命喊熱的人，簡直就像活在冬天。

王晨不怕熱，也不畏寒，這是他的特殊體質，好像他天生就對溫度不敏感。不僅對溫度，他對周圍人的情緒也很不敏感，說好聽點是反應遲鈍，說難聽點就是不會看人臉色。

大學期間他曾因此得罪了不少人，也沒交到幾個朋友，連剛才在就業博覽會，他更因為不懂得看臉色而遭了無數白眼。

逛了一圈下來，硬是沒有一家單位接收他的履歷——他連嘗試的機會都沒獲得就被宣告出局了。

樹上的蟬發出知了知了的鳴音，像在嘲笑著忙忙碌碌、卻又不知該去向何方的年輕人。

王晨站在公車月臺，反省著自己今天的失敗。又是沒收穫的一天，他不得不考慮接下來的半個月，該如何精打細算地安排身上最後的一千塊錢。

對於剛畢業正在找工作的王晨來說，花每一分錢都要仔細考慮。他不打算向家裡要錢，也覺得一個成年人不該再拿這些事去麻煩別人，即使對方是他的父母。

公車月臺上提示車輛即將進站的資訊，遠處一輛雙門車正向這邊駛來，不過速度卻一點都不慢。為了趕上出發時間，這些公車總是開得像飛車。

低頭算著下個月財務的王晨有些分神，竟渾渾噩噩地邁下月臺，正好站在會被公車撞飛的位置。

舊都的魔鬼公車以超高速駛向月臺，司機對著月臺外的王晨使勁按喇叭，但他好像一點都沒聽見。公車剎車後帶著巨大的慣性衝來，眼看就要發生一起慘案！

周圍人發出陣陣驚呼，有人不忍地捂住了眼。

王晨卻在此時抬起頭，看著如怪獸般咆哮衝來的公車，輕輕地眨了下眼。

嗡——

在這瞬間，似乎有道無形的波瀾以他為中心向外蔓延開來。

一切都在這一秒靜止。公車和驚呼的人群像是被按了定格鍵，然後所有的事物倒帶般緩緩倒退，動作遲緩而詭異。只有王晨，沒有受到影響。

月臺上的時鐘前一秒的時間顯示為：17:51:09。

在王晨眨眼的那一刻，數字跳動了一下，數字發生了變更：17:51:07。

時間往後退了兩秒，這不起眼的兩秒鐘，足夠王晨倒退一步，重新站到月臺上。在他落腳那一刻，周圍又恢復正常。

時間繼續流轉：17:51:09。

公車平穩地進站，正好在他面前停下。

排隊等車的人恢復往日擁擠，似乎誰都不再記得剛才那驚險的一幕。王晨投了兩枚硬幣，上車回家。

世界倒轉了兩秒，卻沒有人發現。

沒有「人類」發現。

擁堵的人群中，一雙漆黑的眸，看著那輛載著王晨的公車漸行漸遠。

王晨住在江北大學城附近，雖然離市中心很遠，但勝在房租便宜，周圍的房客基本上都是大學生或剛畢業正在找工作的人，治安也不錯。

他回來時，隔壁房的女孩正準備出去。

「晚安。」兩人擦肩而過，女孩對王晨微微一笑。

「晚安。」

王晨點頭回應，然後開門進屋。

這是一間不足三坪的房間，只有一張床、一張書桌、簡單的家具。

回到家後，王晨疲憊地倒在床上，他雖然不怕熱，但在外面奔波了一天的確很累，腦袋一碰到枕頭意識就漸漸模糊，逐漸睡去。睡夢中，他隱約聽見了細碎的聲音。

淅瀝瀝——

噠噠——咚！

雨水敲打著玻璃的聲音，外面在下雨嗎？

王晨半睡半醒，突然想起窗戶還沒關，要是被雨水打進來浸濕家具就糟了。但是他睡得有些迷糊，實在不想動彈。

唰啦啦啦——

雨勢漸大，果然有雨滴從窗外被吹了進來，冰涼的雨水滴落在他臉上，屋外的風也颳了進來。

王晨皺了皺眉，掙扎著準備起來關窗，但風雨卻在他準備起身的前一秒被隔開了，吵雜聲變得微弱，屋內又安靜下來，像是有誰察覺到了他的不適，體貼地關上了窗。

是室友嗎？王晨想。

下一秒，他猛地睜開眼。他早就搬出了大學宿舍，屋裡只有自己一個人。那麼，是誰關上了窗戶？

幾乎是從床上彈跳著坐起，他一抬頭，便看見站在窗前的一道黑影。

小偷？不對，小偷不會這麼膽大，看見他醒了還好整以暇地站在那裡不走。

強盜？也不像，那人影站在原處，並沒有什麼威脅的舉動。

那麼……是外星人？

王晨眨了眨眼，想在昏暗的室內看得更加清楚一點。他摸索向身旁，想打開電燈開關。然而對方像是知道他在想什麼一樣，竟主動走到床邊，替他開了燈。

屋子在瞬息間亮了起來，王晨也得以看見眼前人影的容貌。

果然——不是人類！

站在他面前的是一個穿著黑衣的高眺男人，不，如果忽略這人頭上的那對犄角，倒可以說他是人，但哪個正常人頭上會長犄角？還是這樣漆黑的、鐫刻著怪異紋路的犄角，看起來就像地獄的惡魔。

外形像惡魔的不明人士，卻有著一副蠱惑人心的容貌。英挺的鼻、明亮深刻的雙眸、稍顯薄的唇。此時這個不速之客，正一眨也不眨地盯著王晨。

在王晨打量他的時候，「惡魔」走近一步，微微俯下身，突然對著王晨下跪行禮。

王晨確定自己沒有眼花，這個惡魔對他行了一個半跪禮。

「屬下尋找您許久，終於找到您了，候選人殿下。」

惡魔低沉的嗓音也很有惑人的本錢。當這樣一個英俊的同性對你恭恭敬敬地下跪時，沒有一個男人不會產生一絲優越感。但是王晨卻躲過了他跪的方向，走到惡魔身旁，審視著對方。

「你稱呼我什麼？」他問：「你是從哪個片場跑出來的演員嗎？」

「不，我不是演員，我是為您而來，殿下。」

「你不是人。」在看清對方頭上的犄角並不是道具後，王晨下了判斷。

這句話聽起來有點像在罵人，但他確信自己只是在陳述一項事實，並不帶有任何感情色彩。

跪在地上的惡魔沒有激烈反應，承認道：「我不是人類。當然，您也不是，殿下。」

怎麼好像有種被罵了的錯覺？王晨晃了晃腦袋，努力讓自己鎮定下來。他很慶幸自己不像正常人那樣有太過強烈的情緒，否則早已跑出屋子大喊警察了。

「那你是什麼？」

低著頭的惡魔黑色的眼瞳閃了閃，回答道：「魔物，人類都如此稱呼我們。」

魔物？

王晨摸了摸下巴，看著這個魔物。

單論外形，他絕對符合這個稱呼，但是魔物不都是危險的怪獸嗎？為什麼會在這裡對自己俯首稱臣？

雖然大多數時候王晨對人們的情感缺乏感知，但對於周圍的危險，他卻能很快地做出反應。第六感告訴他這個魔物暫時不會對自己造成危險，所以他繼續提問。而看起來，這個男人也很樂於為他解答。

「你說我不是人類，有什麼依據？」王晨瞇起眼看著他。「這二十多年，我一直過著正常人類的生活。」

魔物微微掀起嘴角，像是嘲笑他的話。「正常？不，殿下。一個正常人類不會擁有使時間倒轉的能力。」

他看見了？剛才在公車站耍的小小把戲，顯然已落入了這個魔物眼中。

「就憑這些？」

「當然不止。」魔物以執著的口吻道：「從您出生的那一刻起，我就牢牢記住了您的氣味。如果不是被人類的味道遮掩了這麼多年，我不會至今才尋到您。您的確是我的主人，殿下。」

氣味，難道魔物都是屬狗的嗎？王晨嘆了口氣，換了一個問題。他不想糾結於自己身上究竟有什麼古怪的味道把魔物吸引過來。

「就算如此，你口中的候選人是指什麼？你找我又是為了什麼？」

「請容我一一回答。」

男性魔物站起身來。此時王晨才注意到，這個魔物的眼睛雖是黑色的，但他的瞳孔邊緣卻有一圈金邊。他的五官既有著歐洲人的立體感，也有著東方人的細膩。如果不是頭上那對突出的犄角，王晨真的只會以為他是哪個混血模特兒或明星。

「從二十年前開始，我便一直尋找遺失在外的殿下。您的氣息和人類混雜在一起，十分不利於搜尋，所以直到今天才尋到您的蹤跡。」魔物微微傾身，右手放在心口。「請恕我來遲。」

他接著道：「而候選人的稱呼，是指您身為王位候選人的身分。您的使命就是在眾多競爭者中，排除對手，登上王位。為了達成這個目標，殿下您必須盡一切努力。候選人不止您一位，但寶座只有一個。」

王晨敏銳地察覺到其中隱藏的危險，詢問：「那沒有繼位的其他人呢？」

「賜死。」魔物理所當然地道：「只有強者才有資格活在這個世界上。」同時，他像是猜出王晨的心思，又道：「現在找到您的消息已經在魔物中傳遞開，為了您的安全，請您盡量待在我身邊。」

意思就是，他沒有拒絕的權利，也沒有失敗的權利。兩者的下場，肯定都是慘不忍睹。王晨揉了揉太陽穴，開始吸收目前為止的龐大資訊。

首先，這個魔物說他不是人，是魔物。這點有待商榷。

其次，這個魔物說他是王位候選人。如果能證明第一個問題，那麼這個同樣能被證明。一樣待定。

最後，他的生命正受到某種威脅。這毫無疑問，無論是眼前這魔物口中說的爭奪王位失敗的後果，還是其他，顯然自從遇到這個長角的男人之後，自己就不再那麼安全了。

最重要的一點，王晨無法確保，如果自己堅持不認同他的說法，眼前這個執著的魔物是否會做出什麼危險的事。

從各方面的安全考慮，他決定暫時妥協，於是他問：「你說那個需要我爭奪的是什麼王位？」

魔物聞言抬頭，黑色的瞳眸望著他，輕輕勾起嘴角。

「您所追求的，永恆與殺戮之王。」

俗稱，魔王。

Chapter 2

審判開始（二）

世界上有各種各樣關於妖魔的怪談，中國的狐妖、白蛇，國外的惡魔、吸血鬼，以及希臘、北歐的諸神傳說。

在這些傳說中，精怪魔鬼們無一不擁有著強大的力量，並且大多以人類為食。他們俊美無儔，化作人形更是擁有無邊的魅力，引誘無數人類自投羅網。

不久以前，王晨還以為這種設定只存在於小說中，現實不可能有妖魔鬼怪。不過，突然出現在他房內的魔物卻告訴他：他並不是人類，而是以毀滅人類為目標的魔王候選人。

他突然覺得，其實現實比小說更加荒誕。

「殿下，請用餐。」

一雙帶著白手套的手端著餐盤出現在王晨眼前，英俊的魔物提醒了一聲，便將餐盤放到桌上。

精緻的餐盤上，一杯泡麵赫然置於其中。看著這鮮明的對比，王晨不明白為什麼魔物明明能拿出高檔的銀質餐盤，卻只幫他泡泡麵吃。

美食、豪宅、長腿美女，這些本以為魔王候選人可以擁有的一切，統統是泡沫般的幻想。

按照威廉，也就是輔佐王晨的魔物的話來說，在沒有正式繼位魔王之前，這些候選人僅僅是一個好聽的稱呼而已。他們沒有實際權力，也無法額外獲得什麼。

按照魔物們的思維，強者可以憑實力獲得應該獲得的一切，而不是靠索取。所以，王晨依舊住在他不足三坪的租屋處裡，吃著魔物泡的泡麵過日。還好威廉不需要食物，他不用額外負擔魔物的伙食費。

用叉子叉了一口麵條，王晨道：「我現在再一次懷疑，你是不是找錯了對象？」

威廉恭敬地站立著，等待著他的下半句話。

「身為魔物的你不用吃飯，但是我卻一日三餐，餐餐不能少。」王晨吞下一口麵，嚼了嚼，又道：「而且我頭上也沒有長角。」

「殿下，每個魔物的外貌特徵都不一樣，並不是所有魔物都長角。」威廉答道：「我們也不是不用餐，只是我們的食物來自人類，偽裝成人類更有利於我們捕食。您之所以需要人類的食物，是因為您在這種環境下成長了數十年，身體已經養成了習慣。」

「既然這樣——」王晨吸了一口麵條，口齒不清道：「為什麼還要毀滅人類？人類全殺光了魔物吃什麼？竭澤而漁可是會餓死的。」

「關於這一點，其實內部也有爭議。」威廉道：「我們所說的毀滅，並不是屠殺人類，而是毀去人類的社會功能，將他們圈養起來。這樣對我們來說，想獲得食物時就方便了許多。」

「圈養。」王晨一愣。「像養豬羊那樣？」

威廉回道：「正是如此。但是有部分長老認為如果集中圈養人類，會使他們嘗起來失去了……某種特殊的味道。」他似乎在猶豫著該用哪個詞語表達。

王晨卻是一點就透。「我明白了。就像野雞和家禽，人類更喜歡野味，魔物們也是這樣。」

「是的，您很睿智，殿下。」

不理睬威廉的恭維，王晨又問：「那長老們最後商議的結果是什麼？」

「審判，進行一次對人類的審判。」

威廉俯首道：「人類的過度繁衍和暴漲的野心正在破壞這個世界，我們並不願放縱他們這種行為。絕大多數長老贊成圈養人類，但是擔心圈養的人類會因此失去原有的味道，另一部分長老提出了異議。如果能夠證明，人類繼續發展並不會對世界造不可挽回的損失，那麼，維持現在的局面我們也可以接受。

「所以，這是一場重要的審判。人類是否還有資格自由地活在這世上，就看此舉。」威廉最後道。

而替魔物們做出最終審判的，即是七位候選人。

經過威廉的一番解釋，王晨總算明白了自己的職責。他只需按照自己的所見所聞，做出是否要圈養人類的判斷，並且提交給長老會即可。不過，在此之前，他必須選擇自己的立場。

究竟是反對給予人類自由，還是繼續放縱人類？

「您的抉擇呢？」

在此之前，王晨首先想到了一個問題。「既然人類是我們的食物，那我能夠選擇自己的食物，並決定是否吃掉他們嗎？」

「當然，您甚至可以圈養人類當作寵物。」威廉回答。

王晨想到了自己的父母。他想，即使威廉說的是真的，只要自己能登上王位，把父母籠罩進自己勢力範圍內，就能提供他們一個安穩的生存環境，不讓其他魔物吃了他們。這也是他目前唯一能做的事。

自小以來就有人說王晨感情淡漠，說即使對他再好也不知回報。他的喜悅和憤怒也幾乎輕微到沒有。之前他一直以為自己是不正常的，但威廉告訴他，魔物們不存在感情，因此無法理解人類的感情。

王晨這才明白，並不是自己薄情寡義，也不是自己不正常，而是從頭到尾，他根本就不是人。

然而王晨想到保住他的人類父母的性命，換作一般魔物，甚至想都不會去想。終究是被人類養育大，雖然他不能擁有人類的感情，但總能試著體會。

「殿下，找到您之後，候選人之間的競爭就正式開始。」威廉躬身道：「您必須比其他候選人捕獲更多的人類，才能獲得王位。」

「不是說候選人只負責審判嗎？還要殺人？」

「不是殺人。」英俊魔物的嘴角勾起一個笑容。「我們捕食人類，以他們的情感與靈魂為食，僅僅殺死人類的肉體，是不足以飽腹的。您需要做的是在審判過程中，捕獵更多的人類靈魂。」

簡而言之，就是利用審判為藉口，候選人們互相拚殺看誰能夠毀滅最多人類，誰能獲得最多獵物。

「好吧。」王晨提醒自己，現在他是個魔物而不是人類。至少在確保安全前，他都必須這麼想，「我該怎麼做？」

「首先，您需要喚醒更多屬於魔物的能力，這需要另一位魔物的幫忙。他曾經欠我一份人情，我們可以以此要求他協助，殿下。」

由於那位魔物隱藏在人類中的身分特殊，只有在晚上出去才能尋找到他。

是夜，王晨和扮裝成人類的威廉出門時，又遇到了隔壁的女孩。

「晚安。」女孩眼中閃過一絲訝異，偷偷看了一旁的威廉一眼。「想不到你會在這個時間出門，這是你的客人？」

「是的。」王晨簡短回答。兩人未多做交談，女孩對他們笑了笑便離開。

走出一段距離後，跟在他身邊的威廉突然開口。「她身上有食物的味道。」

「嗯？」

威廉眼睛瞇了瞇，漆黑的瞳孔有些可怖。「那是充斥著欲情的人類味道，對於喜好這類情感的魔物來說，她算是美味。」

「是嗎？」

王晨的腳步頓了頓，又繼續前行。

他沒想過要提醒女孩。如果命運註定對方會成為某個魔物的食物，他也無力改變。更何況，突然遭遇這麼大的轉變，他已自顧無暇。

今夜，王晨踏入屬於魔物的夜晚，而他知道，自己的命運也將發生翻天覆地的變化。

Chapter 3

另一個魔物

「這間酒吧。」王晨側頭看了看招牌，「他就在這裡？」

夜已深，但是酒吧街卻比白天更繁華，來往皆是衣著時尚的男女，酒吧內傳出激昂快節奏的音樂。男人和女人們相繼走進縱情的場所，而王晨和威廉，就在一間名為「夜色」的酒吧前停下。

「他喜歡待在這。」威廉回道：「這裡是捕食的絕佳場地。」

王晨看見有兩個人互摟著走進街後的小巷，默默贊同了他的話。

對於人類和魔物來說，這裡是捕獵的絕佳去處。無論是獵豔，還是獵食。

兩人一走進「夜色」就引起了不少關注，當然，其中絕大部分的人都是目不轉睛地盯著威廉看。只有一些喜歡清淡口味的，會對著王晨露出意味深長的笑容。

威廉帶著他走向吧檯，和一名調酒師談話。

「Jean 在嗎？」

正在和另一名客人調情的調酒師抬起頭，對威廉道：「老闆在後屋。」說著，露出曖昧不明的笑容。「現在恐怕不適合去打擾他。」

這是一個溫和的笑容，但在這種環境下，含蓄反而更能勾起人的欲望。

這調酒師或許看上威廉了，王晨有些興致地想著。雖然沒來過夜店，但是他也有所耳聞，在這個地方男女通吃的人並不少見。

威廉卻像沒看到調酒師的笑容，向酒吧某處的房間看了看，低頭對王晨道：「我進去找他，可以在這等會嗎？」

聽見這句話的調酒師，用曖昧的眼神打量著兩人。

「去吧去吧。」王晨趕蒼蠅一樣揮著手，威廉便轉身離開。

威廉離開後，調酒師對王晨友好地笑了笑，和他調情的那位客人此時已經走遠。

「第一次來這種地方？」調酒師轉身，拿了幾杯酒，輕巧地調配翻轉，一杯泛著淡淡藍光的液體被倒在王晨面前的杯中，「請你的。」

「謝謝。」

調酒師笑了，王晨發現他笑起來有兩個酒窩。

「我叫阿旭，交個朋友。」調酒師說。

「王晨。」兩人握手，交換了個笑容。

王晨並不討厭阿旭。他雖然身處欲望混雜之地，卻不虛偽地掩飾自己，也並不引以為恥，反而能坦然地與人聊天。和他談話，即使是在聊關於性的話題，也不會讓人覺得尷尬。

在這個充斥著異樣氣氛的環境中，王晨慶幸著有這麼一個人在，讓他不至於太過不知所措。其間，有幾個人過來找王晨搭訕，都被阿旭笑著打發了過去，把他們的注意力從王晨身上引開。

說實話，這讓王晨輕鬆了不少。

又打發走一個人後，阿旭看著有些局促的王晨，輕笑，「你的確不適應這種環境，你朋友把你保護得很好。」

如果這個朋友是指威廉的話，從各方面看來，魔物管家的確很保護他。

兩人有一搭沒一搭地閒聊著，卻在此時，一個慵懶的聲音插了進來。

「看來你們相處得不錯。」

王晨抬頭，只見一個男人踱步過來，他容貌英俊，穿著合身的深色西裝，舉止優雅從容。看上去像十九世紀的英國新貴，笑容溫雅，讓人難以想像他竟是一間夜店的老闆。

威廉走在他身旁，兩個同樣英俊的男人一出現，立刻吸引了店內百分之九十的目光。

「老闆。」阿旭笑著向那文雅男子走了過去。

男人點了點頭，朝王晨這邊看來。

「這就是你新找到的搭檔？」他問威廉，眼中有著一絲審視。「就是為了這位，你打斷了我難得的享用？」

男人露出意味深長的笑容，周圍人哄笑。然而王晨卻明白，這個人口中的「享用」，並不是酒吧裡大多數人以為的那種。

「是的。」威廉走到王晨身旁。「剛才與你說的事，找個安靜的地方談一談。」

「好吧，看來今天只能先餓著肚子。」男人對著旁邊的阿旭道：「替我看著點店裡。」

阿旭微微一笑，頷首應下。

在許多人的注目下，三人起身離開。直到走出酒吧呼吸到外面的新鮮空氣，王晨才總算鬆了一口氣。

「看來這位殿下還不太習慣這裡的氣氛。」被威廉稱作Jean的男人笑道。

威廉道：「並不是每個魔物都像你一樣，喜歡那種混雜的欲望。」

「是嗎？我倒覺得他們的欲望很真實。」Jean不以為然地聳聳肩。「也很美味。」

他說這句話時眼中流露出的不是情欲，而是凶獸捕食時眼中的厲芒。

「我有點好奇。」王晨看著對話的兩人。「魔物也和人類做愛？這也是進食的方式之一？」

「大多數魔物不會。做愛不會滿足我們的食欲，不過，做愛時的人類流露出的欲望很是美味，所以也有魔物會通過這種方式進食。」Jean輕佻地挑了挑眉，看見威廉露出了不贊同的神色。

「當然，您的這位威廉管家是不屑於此道的。」

王晨看了威廉一眼，他無法想像這個冷漠的魔物和人類交歡的模樣，在他腦中，威廉就像是不食人間煙火的禁欲牧師，和欲望一點關係也沒有。隨即他又為自己的比喻感到好笑，將一個魔物比作牧師，究竟是對哪一方的侮辱？

「魔物不吸食人類的血肉，也不需要與人類交配。」像是看透了他在想什麼，威廉道：「我們真正的食物是他們的靈魂。」

「人類的靈魂？」王晨好奇道：「靈魂真的存在嗎？如果有的話，你們食用它是什麼口感？」

「怎麼說？」Jean 思索著回答。「口感就像是人們吃果凍、冰淇淋那樣，但不同的是，靈魂對我們來說是主食，也是美味的甜品。」

「仙草味還是牛奶味？」王晨發現自己有些古怪地執著於人類的具體口味。

Jean 露出曖昧的笑容。「不能用人類的口味來形容。簡單地說，吞噬人類的靈魂，讓我們覺得有如高潮。」

哦，高潮味的冰淇淋。王晨點點頭，原來人類不是雞肉味的嘎嘣脆。

Jean 看向他，「看來殿下還有很多不理解的地方。沒關係，既然答應了威廉，接下來的日子我會好好地教導您。」

「教導殿下是我的工作。」威廉提醒，「你只需負責指點殿下如何使用能力。」

「哈，小氣的傢伙。」

三個魔物漸行漸遠，在他們身後，燈紅酒綠的尋歡場，依舊充斥著各色情欲。

夜色漸深。

第二天，王晨在租屋處剛睜開眼，首先看見一條晃動的繩索。那是一條有著兩隻拇指粗的黑繩，一端末尾有著鉤形，另一端……

王晨視線微微轉移，突然看見這黑繩子動了一下。接著，又晃動了一下。

黑繩子像是有生命地晃動著，不，它的確有生命——這是一條長著倒鉤的尾巴。

「早上好，看來我們的小殿下已經醒了。」一個人把臉湊到他面前微笑，同時，他身後的尾巴依舊保持著歡快的搖擺頻率。

王晨努力地把視線從 **Jean** 的尾巴上收回來，掃視周圍。他這才想起來，昨晚回來之後，自己就因為疲憊睡著了，教學也只能延到第二天。然而他沒想到的是，Jean 竟然也在這裡待了一宿。

「在找威廉?他有事出去了。」Jean 笑咪咪地道：「為我們的教學做些準備工作。」

王晨把視線轉向他。「教學?」

「如何讓您成為一名合格的魔物，小殿下。昨天回來時您已經累了，所以正式的教導從今天開始。」

王晨不太高興道：「為什麼要加個『小』?」

「因為您只有二十歲，相比起我們，的確很小。」Jean 露出一個意味深長的笑容。

「從各種方面來講。」

這個回答讓王晨噎了一下，他決定不理會 Jean 的挑釁，否則，他有預感，吃虧的一定是自己。

「殿下。」這時，租屋處的門被威廉從外推開，魔物管家對著王晨鞠躬道：「一切都準備好了，請您決定何時出發。」

王晨瞪大眼，「去哪？」

威廉淡然道：「新的住處，一個符合您身分的住所。」

當王晨坐車來到一幢僻靜的小別墅前時，他回頭看了威廉一眼。

「你不是說候選人不能憑藉身分索取物資？」

「的確如此。」威廉頷首。「但是為了更加有效地教導您，我們需要一個安靜且不受人打擾的環境。請您放心，這些費用由我個人承擔。」

原來撿到管家還附贈一套別墅，王晨一邊跟著進入一邊想，自己這回是做了回本買賣，就是不知道要不要付利息。

威廉將王晨和 Jean 帶到了空曠的大廳內。

「請您安心在此學習，殿下。」退出前，他掃了 Jean 一眼，對王晨道：「必要時請喚我的名字，我會隨時趕到。」

「放心吧，威廉，我不會對小殿下做些什麼。」Jean 優雅地笑著。「我可是一位合格的老師。」

威廉瞥了他一眼，不置可否，退身離開。

門被喀噠一聲帶上，現在，是屬於兩個魔物的教學時間。

「那麼，首先您想學習什麼？」Jean 看向王晨。

王晨想了想，「告訴我，怎麼才能變出犄角和尾巴？」

威廉失笑，「您不想先瞭解一下有關魔物的知識嗎？比如我們是從何而來、和神話傳說有什麼關係？」

「那些多的是時間學習。」王晨道：「你們都有魔物的特徵，只有我像個普通人類，我迫切需要證明自己的確是個魔物。」

Jean 被說服了，「好吧，看來您很擅長說服他人。」

於是，這一下午，在王晨的執著要求下，Jean 從最初的變身開始教導。然而直到傍晚，王晨依舊沒能變出半隻犄角或半條尾巴，他心裡不免有點失望。

休息期間，Jean 正看著新聞，見他這副樣子，笑了笑道：「其實不用這麼氣餒。每個魔物都有各自的特徵，或許您的比較特殊，難以覺醒。」

王晨點了點頭，算是接受他的說法。

此時的電視上，正在播放最近的時事新聞。

「今早，本市南山街發現一具不明男屍，這已經是本月發生的第二起街頭暴死，具體死因警方正在調查中……」

又是命案，這是最近第幾起了？王晨想，難道這些也都是魔物做的？

似乎是察覺到了王晨的視線，正在看新聞的 Jean 回過頭來，朝他咧嘴笑笑。

「有什麼事嗎，小殿下？」

溫柔的笑容，配上電視新聞上血腥的照片，讓這一幕顯得幾分寒氣森森。

王晨看著魔物。「你覺得死人很好玩嗎？」

「不是好玩，是有趣。」Jean 抿了一口杯中的紅色液體。

「很快你就會發現。」他說：「比起我們，更喜歡狩獵人類的正是他們自己。」

聽見這句話，王晨若有所思，然而他沒想到，這個很快，會來得那麼快。

Chapter 4

嫉妒（一）

有些人生來醜陋，有些人天生美麗。

每當她被人欺負哭著跑回母親懷裡時，總是得到這麼一句話。

那麼，我是生來醜陋的人嗎？所以他們才這麼喜歡欺負我？

女孩這麼詢問她的母親，母親是怎麼回答的呢？

時間太久，她已經不記得了。

「啪──！」

鞭子抽擊的聲音讓王晨回過神來。

他把視線從窗外收回，看到的正是Jean燦若桃花的笑臉。

「我是否該提醒您，殿下，上課時認真聽講是最基本的禮儀。」Jean身後的尾巴一晃一晃的，毫無疑問，剛剛魔物把它當作教鞭用了。

「或許你應該改進教學方式，Jean。」王晨道：「重複著枯燥無味的講述，不僅乏味，而且不會有多大進展。」

這已經是他們這週第三次課程，卻還是重複著無聊的講述，王晨不免覺得有些空虛。

「這麼說您是想要實踐了，小殿下？」Jean依舊是用那半吊子的敬語說著，當他稱呼殿下時，王晨一點都不覺得自己有被尊重。

「關於魔物的習性和種族特徵，我已經瞭解了。」王晨道：「但是如果沒有實際操作，現在要讓我迅速掌握怕是有點難度。就像看了再多遍的動物世界，人類還是學不會像獅子那樣生活，都是同樣的道理。」

「有趣的解釋。」Jean 風度翩翩地微笑，「不過容我提醒您，您並不是人類，而我們也不是獅子。作為魔物，天性的覺醒是遲早的事。」

說到這裡，Jean 挑了挑眉，「我們會對人類靈魂感到飢渴，屬於魔物的部分將在您身上慢慢體現，殿下。」

飢渴？王晨突然想到了那些尾隨女高中生的痴漢，心裡翻了個白眼，嘴上卻道：「是嗎？那你倒是說說看，遲早會覺醒的本殿下我究竟什麼時候會長出犄角或尾巴？」

「您老是在這件事上固執。」Jean 失笑，「我理解您焦急的心情，但是也許您的魔物特徵不是犄角和尾巴，而是其他的什麼。」

王晨不語。事實上，他至今還在懷疑自己究竟是不是魔物。他不像威廉和 Jean 能夠變化出屬於魔物的外表，也不像一般魔物一樣不食人間煙火，他還是需要人類的食物。因此，他總懷疑威廉是不是找錯了人。

門在這時打開，威廉走了進來，代表著今天的授課到此結束。

接下來，Jean 會回他的酒吧，而王晨則是繼續找工作。

是的，在還沒有把握繼承王位的情況下，王晨覺得還是盡快找份工作養活自己為好。雖然現在也算衣食無憂，但是吃穿住用行全靠威廉補貼，他確定，自己不想再過這種好似被包養的生活。

即使威廉再有錢，即使威廉目前是他的屬下，這也不代表王晨就能心安理得地享用不屬於自己的財富。作為男人，他有著很強的自尊心。

魔物管家沒有對此提出異議，他向來不干涉王晨所做的任何決定。

翻了翻報紙上刊登的各種徵人廣告，其中薪資優厚的工作，不是需要經驗，就是需要研究所以上的學歷。按王晨二流大學畢業的學歷，想要找一份體面的工作實在有些難。他決定放低要求，找個能餵飽自己的工作就可以。

在報紙上翻了半天，他卻被一則新聞吸引了。

XX企業高層女主管身患醫學無解怪病，專家提醒：女性應多注重調養。

不過他並不是被新聞上刊登的女主管美豔照片吸引，而是新聞角落下小小的一行字。

該女士目前休養在家，缺少一名可以照顧生活的幫傭，應聘者以大學以上文憑為佳，男女不限，薪資面議。

王晨在最底下的聯繫方式上盯了很久。

這年頭找工作都那麼困難了，去幫助一個身患重病的女士還有薪水拿，應該不算是什麼不體面的工作吧？

正想著，一支手機已經遞到面前。他抬頭，看見了威廉面無表情的臉龐。

「這是她的聯絡方式，我想您需要它，殿下。」魔物管家總是能察覺王晨的想法，並且事先準備好他想要的。

真是稱職。王晨一邊感嘆，撥通了電話。

在一段簡短的聯繫後，對方通知王晨上門面試，並告知了地址。臨出門前，王晨看著站在門口恭送他的威廉，突然想起一個問題。

「我不在家的時候，你一般都在幹什麼，威廉？」

魔物管家的眸子閃了閃，躬身道：「處理一些瑣碎的事務。」

這麼說來，威廉自備豪宅，應該在人類社會也有一份十分不錯的工作。而且看他的模樣也是習慣發號施令的，或許還有其他事情需要處理。有這麼一個能幹的屬下，身為上司的壓力真不小。

想到自己目前算是寄人籬下的狀態，王晨拍了拍威廉的肩膀，體貼道：「下回我在家時，你也可以做自己的事。」

他可不想因為自己而打擾了威廉的工作，那樣豈不是欠他更多？

魔物管家微微頷首，並未多言，直到王晨走遠，他才抬起頭望著其離去的方向。

「殿下真是貼心。」

本該返回酒吧的 Jean 突然出現在威廉身後，笑著評論道：「也許你這次的賭注沒有押錯。」

威廉掃了他一眼，轉身進屋，毫不猶豫地關上門，大門幾乎是砸在 Jean 的鼻子上。識趣地摸了摸差點被砸到的鼻子，Jean 看著牢牢關緊的門扉，打了個響指，身影漸漸消失在空氣中。

王晨轉了好幾次公車，才來到這座位於市中心的高級公寓。

抬頭，那聳入雲間的高樓幾乎望不到頂，大樓的奢華裝修和這裡不斷上漲的房價相得益彰，看來這位女主管不是普通有錢。

他費了一番功夫向門口的警衛解釋來意，又有來自雇主的電話作保，才得以進入。

B座，15-01。看著眼前的門牌號碼，確認資訊無誤，王晨按響了門鈴。等了約莫半分鐘，才有人姍姍趕來開門。

開門的是位容貌清秀的女人，她上下打量了王晨一眼，疑惑道：「你是？」

「您好，我是前來應聘的看護，剛才電話聯繫過。」

「你就是應聘的人？」對方詫異地看向他，似乎是在訝異他的年輕。

王晨點了點頭，盡力擺出一個自然的微笑，「是的，需要確認一下手機號碼嗎？」

「不用，進來吧。」這位年輕的女士看了他一眼，很快就開門放人。

「她現在在裡屋休息，你不要進屋打擾。」疑似是雇主親友的女子說道：「至於面試的問題，由我來問你。」

王晨點頭。

在回答了幾個關於是否能幹重活，是否擅長外文閱讀和朗誦，並且測試了一番朗讀能力後，這個年輕女子才滿意地點點頭。

「可以，你被錄用了。」

她帶著王晨熟悉屋內環境，並聲明需要做的事：「打掃不需要你負責，有專門的清潔人員。你每天要做的就是在她清醒時陪她聊天，讓她保持心情愉快。她喜歡閱讀國外書籍，有需要的話你得為她朗讀，這不會花太多時間。」提到這裡，女人憂愁地低下頭。「因為她的病情，實際上她沒有太多清醒的時間。」

「我會努力。」王晨點了點頭，表示一定會盡職盡責。

正在她對王晨說明事務時，裡屋傳來一聲虛弱的呼喚。年輕女人聽到後立刻像跳躍的兔子一樣，拋下王晨向臥室走去。

王晨在原地站了站，決定跟上前。

臥室的房門虛掩著，可以看見裡面寬大的雙人床，剛才對王晨介紹情況的年輕女人正跪在床邊，握住一雙蒼白瘦弱的手，對手的主人輕聲低語著。

屋內光線昏暗，王晨看不清楚，但是那雙屬於病人乾枯如柴的手卻讓他印象深刻。他還記得新聞上女雇主的照片，充滿活力和生命力。如果現在躺在床上的那個人就是她，兩者簡直天差地別。

人類，總是抵不住疾病侵擾，他們的生命太過脆弱短暫。不過正因為生命短暫，對於魔物來說，他們的靈魂也格外美味。

過了許久，替王晨面試的女人一臉疲憊地走出臥室，她吩咐王晨明天開始正式上班，並簽一份簡單的工作合約。在整個過程中，房內都充斥著房內女人痛苦壓抑的低吟。和王晨說話的年輕女人明顯因此分心，不能專注於事務，她眼中是掩藏不住的擔憂和焦急。最後王晨離開時，才讓她減輕了負擔。

直到離開這間高級公寓，那雙乾枯如柴的手還在王晨腦內不斷浮現，與此形成對比的，是屋內高檔到近乎奢華的裝潢。兩者之間的對比太過明顯，一種難掩的詭異氛圍充斥在屋內，令人難以忽視。

由於時間還早，王晨決定步行回去。入秋的天氣正涼爽，散步不失為一個好選擇，只是這天他回家時，以往一定會早早在門口迎接的威廉卻不見蹤影。

難道他不在家？王晨好奇地想，自己用鑰匙打開門進屋。

他在一樓客廳找到了威廉，魔物管家坐在沙發上，電腦螢光映照在他臉上，襯出一片慘白。王晨想再走近一點觀察時，沙發上的威廉有了動靜。

他優雅地闔上筆記型電腦，站起身來面對著王晨。

「十分抱歉，殿下。因為在處理一樁難解決的事，竟然沒能及時迎接您回來。」魔物管家壓低聲音說道，但是他低著頭，王晨看不見他的表情。

「沒什麼，我說過你可以不用在意我。」

「是的。殿下！您今天去了什麼地方？」原本鎮定的威廉，突然皺起眉頭，緊張地問。

王晨回：「我去了應聘的雇主那裡，怎麼了？」

魔物管家走近，微微俯下身湊近他耳邊，眉頭緊鎖道：「恕我直言，雖然很輕微，但是您身上有其他魔物的氣息。」

王晨好奇道：「其他魔物，就是說我在回來的路上遇見了別的同類？這座城市裡究竟有多少魔物？」

「比您想像中多得多。」

「是嗎，那麼偶爾在路上偶遇一兩個同胞也沒什麼問題吧。」

「請不要忽視自己的安危，殿下。」威廉擺起了臉色，「您現在毫無力量，又身負著王位候選人的尊貴身分。如果遇到了心懷不軌的魔物，對方一定不會輕易放過您。」

威廉道：「而且，這個味道並不是來自一般的魔物，而是與您氣息相似的某位候選人。」

「你的意思是，我身上有屬於另一個王位候選人的味道？」王晨饒有興致，突然想起那間氣氛古怪的高級住宅。

威廉揣摩著他的表情，看出了他的興致勃勃，警示道：「這可不是一件有趣的事。

殿下，如果對方對您有歹心，您很可能就回不來了。您是否有線索，還請告訴我。」

看著異常嚴厲的魔物管家，王晨只能選擇坦白。

聽明原委後，威廉沉默許久。

「候選人之間的比試開始了。」他緩緩道，面色凝重。「其他候選人已經開始狩獵人類，您準備怎麼做，殿下？」

王晨一愣，隨即無可奈何地笑了笑。

「既然戰爭開始了，那就迎戰吧。」

魔物與魔物、魔物與人類的戰鬥，在看不見的地方，硝煙已經燃起。

Chapter 5

嫉妒（二）

當天晚上，王晨瀏覽網路新聞，回頭道：「你明天真的要陪我去？」

「這是我的職責。」魔物管家從廚房走出，「您的安全是首要的。」

王晨百無聊賴地翻看著網頁，「是嗎？那在遇到我之前，你的首要目標是什麼？」

「活下去，等待時機到來，追隨一位值得追隨的候選人。」

「比如我？」

「是的。」

「可是 **Jean** 說我很年幼，按魔物的年齡來算的話，二十歲只是個懵懂幼兒。難道在我之外，你就沒有其他選擇？」

威廉似乎正在思考，「或許曾經有，但是對我來說，現在您才是唯一選擇。」

有個如此忠心耿耿的屬下，讓王晨感到了些許壓力。「好吧，那如果我登上王位，你想要什麼？財富？權力？我看你現在並不缺少這些。」

「對於永不滿足的魔物來說，沒有什麼會嫌多。」威廉毫不掩飾自己的野心，「跟隨您所能獲得的，遠比您想像的更多。」

「我要是失敗了呢？」

「那我就等待下一輪王位競爭，選擇新的主人。」威廉說出這句話時，絲毫沒有顧忌到王晨。

當然，王晨也不覺得被冒犯。

魔物很誠實，或者是不屑於說謊。比起口是心非，王晨覺得威廉當面說出這句話更讓他容易接受。

新聞上正在講著一則軼聞，一個歐洲女人花了鉅款動了三百多次整形手術，終於將自己整成了酷似芭比娃娃的外貌。王晨看了眼附帶的當事人照片，覺得雖然足夠美麗，卻非常不自然。

「現在，人類想要改變外表似乎很容易。」他有所感觸，摸了摸自己的臉。

在遇到威廉之前，王晨一直覺得自己是中等以上的水準，而在遇到兩個魔物後，他的自信心受到了不小的打擊。

「魔物不以外貌評價實力，您無須擔心。」威廉又道：「況且那種一時的改變，並不能改變一個人的本質。」

食物的外包裝再華麗也不過是空殼，魔物真正關心的是人類靈魂是否美味。

「我有一個問題。我見過的所有魔物都比人類的容貌出色很多，為什麼？」說是所有，其實王晨至今為止也就見過兩個魔物。

「魔物想要改變自己的容貌有很多方法。對我們來說，一張臉就是一張面具，如果喜歡，可以隨意更換。大多數時候為了方便捕獵，我們會變成人類喜歡的樣子。」威廉皺了皺眉道：「但是對於魔物來說，觀察同類靠的是氣味，而不是外貌。」

那種不斷完善自己容貌的魔物反而讓其他同類瞧不起，因為魔物們更注重的是實力。

王晨有感而發，「如果人類也和魔物有一樣的想法，就不會有那麼多是非了。」

第二天，王晨出門正式上班，威廉當然也跟著去。為了避免對方起疑，魔物管家自有辦法，他使了一個小手段，讓自己的身形從王晨視線中消失。

「真好啊。」王晨看了有些羨慕，「哪天我也能學會這一招嗎？」

「早晚有這一天。」威廉回道。

一路上，為了不讓周圍人以為自己是個自言自語的精神病患者，王晨拒絕和隱形的威廉搭話。

在經過社區門口的監視器時，他有片刻擔心威廉會不會被拍到。不是說監視器能拍到人類肉眼看不見的事物嗎？不過所幸，擔憂的事沒有發生。

直到進了雇主的房間，除了王晨誰也不知道，他身邊正跟著一個隱身的魔物。

「來得正好。」昨天面試的那個年輕女人拿起手拿包，「在我出門上班時，我希望你能遵照合約內容，仔細看護她。」

王晨表示自己一定會盡心，女人便急匆匆地出門了。

屋內瞬間安靜下來，一時間只聽見臥室內病人粗重的呼吸聲。

王晨先是輕輕推開房門，查看了病人的狀態，確定她依舊沉睡後才走到陽臺，開始與威廉搭話。

「發現什麼沒有？」

「有，也可以說沒有。」威廉依舊沒有現身，王晨只聽到他的聲音從附近傳來。

「什麼意思？」

「這間屋子裡屬於另一個魔物的味道很濃郁，還在樓下時我就已經聞到了。」

王晨再一次感嘆，魔物們的某些習慣真的和犬科很類似，尤其是以味道識別同伴這點。

「那還有什麼不對？你不能分別出這味道是屬於哪一個魔物嗎？」

「並非如此，殿下。對於我們來說，每個同伴都有著不同的氣味，魔物的氣味就相當於人類的名字，是身分的象徵。分辨出這氣味屬於哪一個魔物很簡單，但是要我在這間屋裡分辨出氣味的來源，也就是哪個人類或是哪樣物品首先沾染過這種氣味，卻很困難。」威廉道：「整個屋內屬於這位魔物的味道非常濃郁，混淆了我的判斷。」

「沒關係，這至少說明了我們那位同胞經常光顧這裡。」王晨道：「還有什麼別的線索嗎？」

「可以確定，他一定與屋裡的某人有過頻繁接觸。」

頻繁接觸？與魔物有接觸的究竟是躺在床上奄奄一息的女雇主，還是面試他的那名年輕女性？王晨想了想，覺得還是先問另一件事。

「即使辨認不出汙染源，但顯然你已經認出這個魔物了吧？」

「是的，殿下。」

「他是誰？」

「一位比您年長許多的候選人，經驗豐富且擅長捕獵，在魔物中享有相當高的威望，掌管七罪之一。」

「七罪？」王晨好奇：「是七原罪嗎？」

「傲慢、妒忌、暴怒、懶惰、貪婪、暴食及色欲。這是聖經中的七原罪，也是魔物七君主的名字。而這次您身上沾染的，是掌管妒忌的君主——利維坦的氣息。」

王晨在 **Jean** 那裡學過魔物七君主，七君主統領七大領地，與世俗國家有所區別。在七君主之下還有公爵、侯爵、伯爵的位階。所謂的魔王，就是七君主之首，掌管傲慢，人稱撒旦。

此時，聽到威廉提起與自己有間接接觸的竟是七君王之一，他又不免對魔物世界產生了更多興趣。

「七君主可以直接降臨人類社會？」

「通常不可以，但現在是特殊時期。」威廉道。

「既然魔物有類似《聖經》裡提及的七罪，難道也真的有天使和神明？」王晨問。

這次威廉沉默了許久，就在王晨以為他不會回答時，他聽見魔物管家用難得嘲諷的語氣道：「即使世上真有神明，祂也不是人類的守護神。」

王晨有心再問，但是聽出威廉語氣中的不對勁，還是明智地選擇了沉默。這也許是威廉不願觸及的話題，畢竟每個魔物都有自己的隱私。

「如果我遇到的是利維坦，他掌管妒忌，難道這次的事件與妒忌有關？」換了個話題，王晨若有所思地看了眼屋內。

威廉道：「無論如何，這屋裡女主人異樣的病情和他脫不了干係。」

王晨立刻很有憂患意識地道：「難道他是在為競爭王位做準備，捕獵人類靈魂？」

「王位候選人對人類的影響力也是考核的其中一項。」威廉道：「他的確可以通過這種辦法增加人類對他的畏懼。」

所以有的候選人會爭先恐後地捕獵人類，以增加自己對人類的影響力。就像黑社會頭目為了鎮壓下屬，而不斷顯示自己的實力，魔物們的行為有時也表現出一種威懾模式。

王晨想到了另一點，或許比起捕獵人類靈魂，他可以選擇另一個方式來增加自己考核的籌碼。比如，干擾另一位候選人的競選準備。

如果他成功干擾了競爭對手的捕獵，等於減少了對方的籌碼，何樂而不為？

而且比起軟弱無力的人類，征服強大且不願輕易屈服的魔物，不是更有挑戰性嗎？

王晨想了想，隱隱興奮起來。

「威廉，除了人類的靈魂，魔物還有其他食物嗎？」

威廉雖然不知道王晨為何突然這麼問，還是如實回答道：「我們主要的食物來源於人類，但如果沒有，也可以選擇其他來填飽肚子。」

「比如？」

「另一個魔物的靈魂。」威廉道：「在以往魔物間的決鬥中，戰勝者可以享用戰敗者的靈魂。」

這種同類相食的習俗還真是符合魔物的性格。勝者王、敗者寇，實力至上。

「當然，除了靈魂，強烈的感情也可以暫時緩解我們的饑餓。魔物之所以喜歡獵食人類的靈魂，是因為它的口感最好。」

「行了，我已經明白了。」王晨打斷威廉滔滔不絕的解釋。「只要知道不食用人類的靈魂不會餓死就好。」

「您在想些什麼？」

想起屋內病懨懨的女雇主，以及留下氣味在屋內的七君王，王晨勾了勾嘴角，道：

「我只是想玩一場偵探遊戲。」

如果，把利維坦假設為犯人，王晨則是偵探，那麼，就看是犯人搶在他之前奪走人類的靈魂，還是他這個初出茅廬的偵探技高一籌，找出真相，破壞這場捕獵。

想到對手是七君王之一，王晨不但沒有膽怯，反而覺得更加興奮，只有強大的對手才值得挑戰。不過，他也不會太過自負，一切都要慢慢計畫。

第一步需要做的是弄清楚女雇主的重病究竟因何而起，而利維坦在其中又扮演著怎樣的角色。

對於即將到來的這場較量，王晨興致高漲，不過在一切開始前，他必須履行作為看護的職責——照看好重病在床的女雇主。

想到這裡，他離開陽臺，前去查看女雇主的情況。

「對了，你認為面試我的女人和我的雇主是什麼關係，威廉？」

「朋友。」威廉道：「她們身上沒有血緣的聯繫。」

「我也這麼想。」王晨道：「也許可以從她身上找到切入口。」

正在王晨準備著手調查雇主不明緣由的病情時，在這個城市的另一端，也有一場與他們有關的話題在進行著。

「夜色」酒吧，此時還是白天，卻早早有顧客登門拜訪。

Jean 看到突然出現在自己房內的魔物，有一瞬間感到很無奈，但是對方又不是能輕易得罪的角色，他只能親自調一杯酒，送到吧檯前。

「希望您下次來之前可以先通知一聲。」

來者熟門熟路地找位置坐下，「提前通知不一定找得到你，聽說你最近很忙，Jean。」

「只是一些私事，不勞煩您費心。」

「私事？」不速之客輕笑著，低沉的笑聲從喉嚨裡鑽出，像是沉重的鼓聲。「忙著教導你那位小朋友嗎？」

Jean 恭敬地看了對方一眼，「您果然已經知道了。」

「當然，威廉選擇了一個幼兒擔當候選人，可是魔界的大新聞。」這位新來的魔物輕笑，「顯然，其他幾位候選人都覺得自己被侮辱了，畢竟誰都不認為自己會輸給一個幼兒。」

「是嗎？」Jean 意義不明地笑了。

「希望當他們栽在他手裡時，也能輕鬆地說出這句話。」

神祕魔物挑了挑眉，「哦，看來你對他的評價很高。」

「也許我只是在打煙霧彈。」

不速之客微微瞇起雙眸，在黑暗的光線下，那雙眸子隱約透出一絲紅光。

「不管真假。」他說：「你已經引起了我的興趣，我現在可是迫不及待地想見一見這位新晉候選人了。」

Jean 笑了，意味深長道：「早晚有一天，殿下。」

Chapter 6

嫉妒（三）

王晨在這裡工作一個星期了，基本上在他工作的時間，重病的女雇主都昏睡在床。只有女雇主的代理人，那位面試王晨的年輕女性，會對他交代一些工作方面的事務。

「明天醫生會來為她診療。」名為甄芝的年輕女人道：「我要到外地出差兩、三天，希望明天你能接待醫生。」

又是出差。

在王晨工作的一週內，她經常為工作在外奔波，明明應該很疲勞，但是這個女人卻神采奕奕。看起來，她十分熱衷於自己的工作。

難道是物以類聚，女強人身邊都是女強人嗎？

「可以問一下這次出差需要多久嗎？」

「會久一點，因為公司要與美洲那邊談一份原材料進出口合約……」意識到沒必要和王晨解釋得這麼清楚，甄芝頓了頓，又道：「總之，這段時間要麻煩你一個人來照顧她了。如果有什麼急事，請立即打電話給我。」

「我會的。」王晨點頭，「這是我分內之事。」

甄芝對他感激地笑一笑，拎起背包出門上班。

不一會，房間內只剩王晨一個人。

「威廉，你認為甄芝是真的關心病人嗎？」王晨對著空氣問。

不存在於視線裡的魔物回答：「我可以感覺到，她的感情是真摯的。」

「是嗎？有沒有可能是你感覺錯了，或者她偽裝得太好？」

威廉並未因自己的權威被冒犯而生氣，「您想問什麼，殿下？」

「我這幾天查到了一些消息。」王晨離開客廳，走向陽臺。「甄芝原先是在一家民營企業工作，職位並不高，但是自從我的女雇主，也就是她的朋友病倒以後，她就突然飛黃騰達，不僅工作得到提拔，愛情也進行得很順利。」

他饒有興趣地說：「你不覺得很蹊蹺嗎？威廉。」

「也許只是巧合，也許的確有關聯。」威廉答道。

聽到這種模稜兩可的回答，王晨嘆了口氣，「威廉，你的確是一位合格的管家，將我照顧得很好。」

「感謝您的認可。」

「但你卻不是一個合格的助手，不能在我需要時提供可靠的意見。」王晨感嘆完，轉身向屋內走去。

而我們的魔物管家呢？他正隱身，沒人能看見他的表情。

第二天，王晨用備份鑰匙打開了女雇主的家門，甄芝果然不在家。

想到等會有醫生來，他稍微整理了下廚房，準備泡茶。

對了，威廉今天沒有跟著來，似乎他的工作臨時出了點問題，需要在家處理。而且這段時間以來，他們也對那位沒有露面的利維坦放鬆了戒備，認為他暫時不會出現。

「嗯唔，小芝，小芝。」

臥室內突然傳來含糊不清的呼喚聲，王晨連忙放下手中的茶葉趕了過去。

昏暗的房間內，床上的病人正撐著自己的身體，想要從床上坐起。王晨連忙上前扶她。

「甄芝不在，她出差去了。」王晨對女雇主道。

病人艱難地睜開眼，看向他。

「你……你是誰？」

「我是被雇傭來照顧你的看護。」

病痛似乎影響了女雇主的記憶力，每次她意識清醒一點的時候，都會重複地詢問王晨的身分，王晨已經習慣了。

「是嗎？今天，今天是什麼日子？」

「是醫生上門診療的日子。」

王晨看到女雇主混沌的眼睛奇異地閃爍了一下，「那甄芝今天會回來嗎？」

「不，很遺憾，她去國外出差了，要在外面待好幾天。」

「國外。」女雇主喃喃念叨著這個詞，「她現在工作很忙？」

「是的，她經常出差。」

床上的女人安靜了好久，就在王晨以為她又睡著時，女雇主出聲打發他去倒水。將水送給雇主後，王晨在廚房內思考著這短暫交流隱含的訊息。

首先，女雇主知道今天醫生會來診療，並格外看重。這一點很正常，每一個重病的病人都會希望醫生到來。但是有一點很奇怪，女雇主好像並不希望診療時甄芝也在場。

這是剛才談話時，王晨通過她的表情和語言判斷出來的。

如果確鑿的話，那麼這就很可疑。她為什麼不希望甄芝在場，是因為擔心她對自己的診療產生什麼影響嗎？

最後，對於甄芝頻繁出差的這件事，女雇主似乎有著心結。她是不希望失去朋友的照顧，不願意甄芝遠離，還是有別的內情？關於這一點，王晨還是缺少線索。

他泡好了茶，確定自己選對了方向。女雇主和甄芝之間，一定存在著他不知道卻必須弄清楚的事。

門鈴突然響了起來。

王晨連忙跑過去開門，門口站著一位醫生，比他想像中還要年輕。

「打擾了。」看起來只有三十出頭的醫生托了托眼鏡，問道：「請問劉倩女士在嗎，我來替她做定期診療。」

「她在臥室，我帶你過去。」

將這位看起來很專業的醫生領進臥室後，王晨去廚房端出剛剛泡好的茶，猶豫了一會，沒有敲門，而是直接走了進去。

進屋時，醫生正將手放在病人額頭，對她低聲說著話。

他一臉慈祥憐憫，而病人則一臉的虔誠。這場景看起來不像醫生和病人，倒像牧師和信教者。

像是突然注意到了進屋的第三者，女雇主猛地回過神，看著王晨。

「你進來幹什麼？」她臉色蒼白，情緒有些激動，而她說話的口氣，實在不像是一個剛剛還不能動彈的病人。

將托盤放到床邊的櫃子上，王晨解釋：「我來送茶水給醫生，甄芝小姐要求我仔細照顧好醫生。」

「她？」女雇主眼神閃爍。「行了，把水放著，你出去。」

王晨在她尖銳的視線中離開臥室，從頭至尾，那位醫生沒說一句話。

離開房間後，偵探先生走到陽臺思考起來。

為什麼女雇主對他明顯有很大的防備，不喜歡他在醫生診療時進臥室？苦思了一會後，王晨得到了答案。

雖然他的雇主是患病在床的劉倩，但面試並決定錄用他的人卻是甄芝，在平日裡指揮他工作的人也是甄芝。如果將這情況放到權位鬥爭中，嚴格來說王晨並不算是劉倩的人，更像是甄芝放在劉倩身邊的暗哨。所以與其認為女雇主是不信任他，不如說她是不信任甄芝。

然而平日甄芝在家時，劉倩卻表現出對她無比的依賴，甄芝也同樣表達對病人的關心和照料。從表面看，這兩人姐妹情深、友誼深厚，然而王晨卻逐漸看出端倪。

也許她們兩個根本不是這麼簡單的關係。兩人之中至少有一方是在作戲，那麼又是為什麼要演戲，她們在隱瞞彼此什麼？

妒忌，妒忌！如果是利維坦在從中作梗，那麼牽扯兩個女人之中的，會是妒忌這種感情嗎？那是令人發狂，讓人喪失理智的情緒，也是魔物最美味的食物。

王晨嗅了嗅鼻子，覺得好像有點餓了，人類的欲望在引誘著他。

半小時後，醫生結束診療準備離開。

「抱歉，有時病人的情緒會很激烈，但她剛才並不是針對你。」臨出門前，醫生似乎是在為之前的事安慰王晨。

我當然知道她針對的不是我，她針對的是甄芝。王晨表面上點點頭，又聽見醫生道：「當病人發現無論如何都得不到她想要的東西時，總會情緒失控。」

王晨驀然抬頭看向醫生，「想要的東西？」

「健康。」醫生眨了眨眼，「人們擁有它的時候總是習以為常，失去後才發現它的珍貴。尤其對曾經健康的人來說，一旦身體變得糟糕並且知道自己難以康復，就會更加焦躁。所以在身體還健康時，一定要堅持每天鍛鍊，不要浪費時光，以免後悔莫及。」

乍聽之下像是一名醫生說的話，但王晨卻覺得裡面隱藏了什麼。他仔細觀察著醫生的神色，對方卻大方地回以微笑。

「下次再見。」醫生禮貌地打了聲招呼，與王晨錯身，出門離開。

擦肩而過的一瞬間，王晨似乎聞到了一股鹹腥味。然而那味道極淡，一閃而逝，讓他以為是自己的錯覺。

王晨一直站在陽臺上，看著醫生離開社區後才回屋內。

樓下，剛剛邁出社區大門的醫生卻突然抬頭，看向王晨先前站立的陽臺。須臾，他收回視線，融入人群之中。

Chapter 7

嫉妒（四）

步。

甄芝站在熙熙攘攘的十字路口，來往的人匆匆而過，卻沒有一個人願意為她停下腳步。

她能聽到許多人竊竊私語的聲音，那些人戴著面具，隔著馬路盯著她。

「看啊，看啊，就是她。」

「這個可憐的女人。」

「不要同情她，一切都是她咎由自取！」

「這個驕傲自負的傢伙，活該接受懲罰。」

「她以為她是誰？」

奚落的聲音從四面八方傳來，甄芝痛苦地捂住耳朵，俯下身。

「不要說了！不要，求求你們，不要再說了！」

「甄芝。」

有個熟悉的聲音在喊著她的名字。

她抬起頭，看到前男友摟著一名面目不清的女人站在自己面前。

「我已經受夠妳了，再見。」

等等，等等！她伸出手想要挽留，然而抓住的卻只是稀薄的空氣。不，不只是空氣，甄芝瞪大眼，看著沾染上血紅的雙手。

空氣瞬間變得黏稠，她驚恐地環顧四周，發現十字路口和圍觀的人都不見了。她看見自己坐在一口大鍋的底部，鍋口，有隻巨大的眼睛。

那隻充滿血絲的眼球盯著她，不斷重複同樣的兩句話。

「妳不配，妳不配擁有這一切。」

「還來，把妳擁有的一切都還來！」

巨大的眼珠直愣愣地瞪著她，血絲慢慢從中滑落，滴在她臉上。

「啊啊啊啊啊！」

黑暗的房間內，甄芝大叫著驚醒。汗水濕透了後背，她急促地喘著氣，這才發現自己是在做夢。

為什麼會做這麼可怕的噩夢？她疲憊地揉了揉眼，卻不知道在同一座城市，有人和她同時，睜開了雙眼。

Jean 今天來上課時，發現王晨有些心不在焉。他像是沒睡飽似的，撐著下巴，半瞇著眼，這讓 Jean 覺得自己被忽視了。

「小殿下。」他說：「如果您對我安排的課程有什麼不滿，可以直說，我是個善解人意的老師，會根據您的要求因材施教。」

王晨上眼皮黏著下眼皮，含糊地嗯了聲。

Jean 繼續忍耐，「不然今天我們暫時停一下進度，您有什麼感興趣的，我可以先教您。」

「尾巴。」

某位老師尷尬地咳嗽了一聲。「這個除外。」

睡眼惺忪的王晨不滿地哼了聲，半晌，又慢悠悠道：「那好吧，我想知道關於魔物七君主的事，具體的。」

Jean受到鼓勵，開始侃侃而談：「七位君王，也就是魔界的七君主，他們掌管著這個世界所有的魔物，也掌控著被稱為七原罪的欲望。相傳最初的七君主與天地同時誕生，是神的造物。」

「等等，真的有神？」王晨睜開眼睛，「但威廉好像不這麼認為。」

「他？」Jean失笑，「這只是魔物之間的傳說，就像人類一樣，魔物中也有無神論者。」

「我明白了，請繼續。」

「是否有神明現在已經無人知曉，即使是現在最年長的魔物也沒有見過神。不過，七君王的傳承卻一直存在，延續到現在已經是第七十七代。」

「七君王是傳承的？」王晨喃喃道：「我還以為一直是那七個魔物。」

「怎麼可能？」Jean失笑，「我們只是有別於人類，掌握了一些特殊能力，但魔物同樣是生命，並不會長生不死，只是活得久一些罷了。」他繼續道：「七位君王，統領著七個領地，而他們之中位列第一掌管傲慢的君王，同時也是所有魔物的王。」

說到這裡，Jean 特意看了王晨一眼。「也是您即將競爭的位置。」

「除了我之外，還有幾個候選人？」

「七位，其中有三位君王、兩位公爵、一位侯爵，還有您。」Jean 解釋：「一個魔物一生只能參加一次王位爭奪，失敗者會被勝者賜死。如今在世的七君王，有四位放棄了爭奪王位的資格，剩下三位則是與您同屆的王位候選人，而另外的公爵與侯爵，大多是前任七君王的子嗣。」

王晨沉吟道：「這麼看來，我豈不是最弱小的那個？」

本來就是，您總算意識到了。Jean 心中這麼想著，不過表面上依舊安慰道：「您有威廉相助，並不是沒有勝算。」

「威廉……」王晨念叨著這個名字，突然對魔物管家有了更深刻的認識。膽敢認對魔物毫無所知的自己為主，並且還認真地準備著王位爭奪戰，威廉究竟是對他有自信，還是對自己有自信？

無論如何，這位魔物管家絕不是簡單的人物。

「威廉在魔物中究竟是什麼身分？」

「他沒有告訴您？」

王晨搖頭。

Jean 笑道：「既然他沒有說，那我也不能越俎代庖。如果您想知道，為什麼不自己去問呢？」

因為我直覺威廉一定不會對我說實話。王晨心裡腹誹一段，還是決定暫時把疑問壓在心底，等有空再去調查。

「再說說利維坦吧。」

Jean 一頓，眼神飄忽了一下。

「怎麼想到問他？」

「沒什麼，問問不行嗎？」王晨一邊翻手機，一邊道：「我查過，在《聖經》中利維坦是神造的巨獸。創世第六天，神創造了一公一母兩隻怪獸，雌性為利維坦，是深海巨獸，能在海中掀起萬丈漩渦。」

王晨讀到這裡，想起那天在醫生身上聞到的鹹腥味，這麼看來，的確很像海邊的味道。難道說那個醫生與利維坦有關，還是說那個醫生就是偽裝的利維坦？

等了半天沒等到 Jean 回答，他抬起頭，看到對方正臉色古怪地看著自己。

「誰跟您說利維坦是雌性？」Jean 表情奇怪地問道。

「《聖經》裡是這麼說的。」

「小殿下，以後少看人類編寫的書籍。」Jean 揉了揉腦袋，嘆氣道：「人的生命何其短暫，他們又能知道多少？即使口口相傳，這麼多年下來也不免有誤傳。而且《聖經》本就是人類宣傳宗教的工具，有許多人為編纂的內容，當不得真。」

「難道利維坦不是雌性？」

Jean 一臉黑線，「現任七君主只有一位女性，是掌控北方大地的君主。前幾任的利維坦我不知道，但這一任的利維坦絕對不是雌……女性。」

聽見他這麼信誓旦旦，王晨失望地嘆了口氣。

「什麼啊，害我白期待了一場。」

「您究竟在期待什麼，殿下？」

「商業機密，恕不奉告。」

Jean 無語，只能道：「您之所以在我的課堂打瞌睡，難道就是在想些這些有的沒的嗎？」

王晨盯著手機螢幕，頭也不回道：「當然不是。我只是最近很忙，才有點失眠。而且你什麼時候才能停止理論課，教我一些魔物實用的法術，**Jean**？」

「不是法術。」**Jean** 搖頭，「不要把我們的能力說成人類小說裡幻想的事物。」

「那好，你什麼時候要教我使用魔物的能力？」

「等您先掌握好所有的理論知識。」

「這句話你已經重複十幾遍了，事實上我已經掌握了所有的理論知識。如果你不準備教我實戰，就不要在這裡打擾我。」王晨手敲擊著鍵盤，毫不留情地道：「可以讓我一個人待會嗎？」

「好吧。」**Jean** 妥協道：「那您能告訴我，失眠是怎麼回事嗎？」

王晨終於抬頭看了他一眼。「我最近經常做夢。夢裡我變成了另一個人，體會一段莫名的經歷，擁有一些不屬於自己的情感。」

他說完這些話，發現 Jean 又表情古怪地看著自己。

「怎麼了？」

「殿下。」Jean 道：「魔物不會做夢。」

什麼？

「我們和人類不一樣。人類沉睡時，大腦皮層還有部分活躍，所以會產生夢境。但是對於我們來說，睡眠就等於電腦關機，充分利用高品質的睡眠時間，不會浪費任何資源。」Jean 道：「這也是魔物比人類高等的證據。」

他頓了頓，又道：「當然，也不是沒有例外。」

王晨好奇道：「什麼例外？」

「比如在發情期，極度欲求不滿的情況下，年輕雄性會做一些春……噗！」

話還沒說完，Jean 就被王晨一腳踢出了房間。

可憐的 Jean 揉著肚子，喃喃道：「年輕人，何必這麼害羞呢？」

他不敢再去找王晨，而是回到客廳。在那裡，威廉正捧著筆記型電腦，處理工作上的事宜。Jean 見了，連連感嘆：「你們主僕兩人都只知道玩電腦，宅男是沒有市場的你知道嗎？」

威廉側身看了 Jean 一眼，「你對殿下說什麼了？」

「沒有，不該說的都沒說。」Jean 聳肩，「我只是說了幾句，他就嫌我煩把我趕出來了。你所選擇的候選人似乎正沉迷於網路，你就不管一管嗎，威廉？」

「殿下可以做任何他想做的事。」

「真是個忠心耿耿的管家。」Jean 看著威廉的側臉，突然笑出聲，「什麼時候你對自己的屬下也能有這份寬容？」

「這不是寬容，是服從。身為下屬，我必須遵從殿下的一切決定。」

「得了吧，說得好像真的似的。」Jean 大笑出聲，「除了你，還有誰會把他當作是一個有競爭力的候選人？你究竟在玩什麼把戲，威廉？」

「……」

「不願意說就算了。」Jean 看著緊抿著唇的威廉，道：「不過我得先提醒你一點，繼續放任你家的小殿下玩偵探遊戲，會產生什麼後果，你可要做好心理準備。」

威廉依舊沉默。

屋內，王晨正看著自己在網上搜索的資料。

甄芝，搜索她的名字只能看到近兩年的消息。

兩年前與她訂婚的男友悔婚，她所屬的公司破產，這兩年期間，她過得窮困潦倒。但是現在，她成了另一家大型企業的高層主管，年收入七位數，追求者眾多。

而劉倩，也就是王晨的女雇主，兩年來她一直是一家國企的部門主管，作為一個典型的事業型女性，可說是風光無限，現在卻病倒在家，奄奄一息。

這兩個人發生了天翻地覆的變化，其中究竟有什麼原因？

不，準確地說，變化是在這幾個月才發生的。兩個女人的境遇發生了如此離奇的顛倒，多麼巧合又可疑。

王晨試著查詢更多關於她們的資訊，但是除了知道她們是從小就認識的好友外，其他一無所獲。

還有那個醫生。明天又是醫生上門診療的日子，而這次甄芝也在家，那麼，是否可以期待即將發生的事？或許，謎題可以在明天稍稍解開一點。

次日，雇主家的客廳，王晨和甄芝正在等醫生。

「真是抱歉。」

醫生從臥室走出，對著王晨和甄芝道：「我丟了一份病情資料在診所，看來得回去一趟。」

「很重要的資料？」甄芝問。

「是的，上面詳細陳明了她最近的身體情況，對我的診療判斷十分重要。」

「那醫生……」

正在這時，屋內傳來一陣撕心裂肺的咳嗽聲，聽得人心驚。

甄芝臉色一變，「醫生，麻煩你在這裡照護她，資料我可以替你拿。」

「好吧，我打個電話通知診所。」醫生愁眉苦臉地看向臥室內，那裡咳嗽聲一直不斷。「看來我暫時無法抽身，只能麻煩妳了。」

甄芝點點頭，穿好鞋準備出門，同時對王晨道：「我出去拿資料，醫生和倩倩就拜託你了。」

「好的。」王晨微笑，側頭看了醫生一眼。今天沒有聞到奇怪的鹹腥味，是對方隱藏好了，還是他判斷錯誤？

不一會，甄芝出門了，而醫生進了裡屋照顧病人。王晨想起女雇主似乎不喜歡自己去臥室打擾，便坐在客廳等待。臥室的房門緊閉，他無法探聽到任何動靜。

坐了一會，他轉了轉眼珠，悄悄看了眼臥室，接著推開大門走了出去。他打算去跟蹤甄芝，沒有目的，僅僅是想要跟著那個女人而已。敏銳的第六感告訴他，跟著甄芝一定會發現些什麼。

走出社區時，早就不見了甄芝的蹤影，王晨這才想起自己並不知道診所的位置。

他該去哪裡找人？

還好有一位萬能管家。

電話求助威廉沒多久，魔物管家就發來了甄芝的即時位置，並且每隔一分鐘更新一次。掌握著最新情報，王晨總算是成功跟上了人。

王晨感慨地想，真是抱歉，威廉，上次不該說你不是一個合格的助手。

在診所外的馬路邊，王晨總算看見了甄芝。她一臉焦急，急匆匆地從計程車上下來，看也不看路就直接向路邊走去。

只不過，這份焦急究竟是真實還是偽裝的？正在他這麼揣測著跟上前時，前方突然傳來一陣緊急的剎車聲。

那似乎是無比熟悉的一幕，一輛高速行駛的車正失控地向他們撞來。甄芝似乎被嚇呆了，驚恐地看著逐漸逼近的轎車，卻愣在原地不知動彈。

笨蛋，好歹也該躲一躲啊！心裡怒罵一聲，王晨一邊加快步伐，一邊發動了能力。

時間倒流！

一秒。

猛地衝上前，王晨抱著女人在地上滾了一圈，幾乎就在同時，那輛瘋狂的轎車從時間停止中恢復，從他們身邊緊擦而過。砰的一聲，狠狠地撞上路邊的電線桿！

轎車車頭被擠壓成一片，已經看不見駕駛的模樣，只隱約看見駕駛席上汩汩流出來的鮮血。破碎的車頭、歪曲的電線桿，實在難以想像這種力道要是撞在甄芝身上，會不會立刻將她碾成一團爛泥。

人們後知後覺地驚叫出聲，有人打報警電話，一群人圍上前查看駕駛的情況，倒是王晨他們被忽視了。

「妳沒事吧？」低頭看著懷裡的人，王晨問。

甄芝似乎還沒從恐懼中回過神來，「我……我，你怎麼在這？」她的手臂還在不斷地顫抖著，在為剛剛與死亡的擦肩而過感到驚懼。

「醫生讓我一起來拿資料。」王晨面不改色地撒了謊。

「資料，對了，倩倩的資料！」甄芝像是突然警醒，扶著王晨站起身來。「我們還要去診所。」

看著突然從恐懼中逃脫的女人，王晨迷惑不解。明明剛才死亡離她這麼近，這個女人究竟是以什麼力量讓自己擺脫恐懼，如此堅強地再次站起？

見王晨還站在原地不動，甄芝不由得催促道：「快點，不然等會警察來了，說不定還要帶我們去做筆錄，那樣就耽擱時間了。」

王晨仔細打量她的神情，像要看穿她的心思。

甄芝有些不耐煩。「不要耽擱時間了。」

王晨點了點頭，跟她進了診所。拿資料的過程並不繁瑣，他們有醫生作保，很快就拿到了劉倩的病歷資料。離開時，王晨扶住趔趄了一下的甄芝。

「我看妳臉色不太好，還是找個地方先坐一會吧。」

甄芝連連搖頭，「倩倩還在家裡等。」

「是啊，我知道妳還要照顧她，但是如果妳自己先累垮了身子，豈不是得不償失？」

這句話似乎說動了甄芝，她總算是答應王晨先休息一會。王晨扶她在街邊公園坐下，自己去買了兩杯熱飲。

回來時，他看見甄芝坐在椅子上，望著街邊來來往往的路人發呆。女人出神的側臉，讓王晨莫名覺得有些熟悉，卻一時想不起來。

「給妳。」王晨遞過一杯咖啡，「我不知道妳喜歡什麼，咖啡可以嗎？」

甄芝接過咖啡，突然就笑了起來。

「有什麼好笑的？」王晨莫名其妙。

「我記得很久以前也有人替我買飲料。」甄芝淡淡道：「不過他沒有詢問我，直接買了一瓶最貴的回來，我卻不喜歡喝。記得當時我說不喜歡時，他的臉色都變了，好像在說：『這麼貴的東西妳都不喜歡，未免太挑剔了吧。』」

甄芝說：「其實我只要一杯最便宜的咖啡就可以了。貴的雖然好，但未必適合我。可如果我直接和他們說，他們卻會認為我不識好歹。」

「那是因為他們不懂。」王晨接口道：「每個人都有自己的口味。」

「是啊，每個人都有自己的口味。」甄芝喃喃念叨著這句話，又看著馬路上的行人出神。

「就像現在，所有人都認為我事業有成，還有什麼不滿意的？我還有什麼資格不滿呢？」這句話並不是說給王晨聽的，似乎是自言自語。

王晨看著她，突然想起為什麼會覺得甄芝這樣的表情很眼熟。他的確見過這種神情，在夢裡！

原來夢中那個站在十字路口被人痛罵、被人指責的女人，就是甄芝！

在做那個夢時，王晨一直無法看見當事人的容貌，只能以第一人稱視角感同身受地體會主人公的處境。直到這一刻，他才發現噩夢的主角竟然就是甄芝！

不過，甄芝對現在的生活有什麼不滿嗎，為什麼會說出這樣的言論？又為什麼會做那種噩夢？

難道是因為一直在照顧劉倩而心生怨憤？

想想也是，一個正值青春年華的女人，卻要花大把的時光在一個瀕死的病人身上，一點屬於自己的休息時間都沒有，有怨言也很正常。

王晨正這麼想著，甄芝的手機鈴聲突然響了起來，她掏出來看了看號碼，臉色一變。

「醫生，是我，出什麼事了？」

「劉倩病情突然惡化了，我剛才打了119，你們不用回來，直接去市立第一醫院！救護車馬上就到。」

王晨能清晰地聽見電話裡傳來的聲音。甄芝的臉色，在聽見這句話後變得更加蒼白，握著手機的手都在顫抖。

「怎麼回事，怎麼突然就病危了？」甄芝茫然無措道。

「具體情況說不清楚，到醫院再說，快點趕過來吧！」

電話掛斷了，但是甄芝還愣愣地站在原地，似乎無法從打擊中回神。

王晨提醒她，「我們現在就去醫院嗎？」

「去，現在就去！」甄芝拿起資料夾，匆匆跑到路上招計程車。

跟在腳步匆匆的女人身後，王晨腦中的線索漸漸明朗了一些。

甄芝不久前躲過了一劫，劉倩就立刻病重入院，如果將她們放在命運的天平上，這兩個女人就像是高低板，其中一個人運勢升高時，另一個必然下降。

那麼，是誰將她們擺上這個稱量命運的天平？又是誰，做了這個如同蹺蹺板的遊戲？

Chapter 8

嫉妒（五）

當王晨和甄芝趕到醫院時，劉倩的私人醫生已經等了好久。

「先不要慌，雖然她的情況直轉急下，但醫院正在搶救。」

「醫生！倩倩怎麼會這樣，我出門之前她不是還好好的嗎？」甄芝拉著醫生的手，連連追問。

「是突然惡化，具體情況還要待醫院檢查，我不清楚。」

「可你是倩倩的診療醫生啊！她的情況你最清楚了！」

「是，可是我只是幫她做日常的診療。」醫生推了推眼鏡，「我只能幫她一時，幫不了她一世。剩下的要靠她本人的意志。」

甄芝一下子癱軟下來，要不是有王晨扶著，她幾乎站不住。

這時候，醫院的其他醫護人員走了過來。「您好，女士，您是否是劉倩女士的親屬？現在劉倩必須做緊急手術，這份手術同意書需要人簽字。」

甄芝看了下手術同意書上的免責條款，整個人癱倒了下去。病人病危，醫生會盡最大努力搶救，但是即使出現意外也與醫院無關。

「病危？醫生，難道倩倩病情真的這麼嚴重？可剛才、剛才在家的時候她還好好的啊！」

醫生不著痕跡地擺脫甄芝的手，對她道：「情況突變，一切只能看天意了。」

王晨看再這麼說下去，先倒下的不是病危的劉倩，而是精神崩潰的甄芝。他帶著甄芝到醫院走廊的座位上先坐下休息，勸她先冷靜。就這麼一會功夫，再抬頭，醫生已經不見了。

這個醫生果然不普通，王晨想了想，決定稍後仔細打探一番這個醫生的底細。此時他見甄芝冷靜下來了，便讓她一個人坐著，自己找了個無人的陽臺打電話。

「殿下。」

電話的那端自然是全能的魔物管家。

「抱歉，威廉，上回我錯怪你了。」王晨搶先道：「看來甄芝對她朋友的感情的確是真的，沒有作假。」

剛才那番表現，甄芝的驚愕與悲傷流露得真切，如果這也是在騙人，只能說她可以直接去領奧斯卡影后桂冠了。

威廉沒說什麼，只是道：「關於這件事，我查到了關於她們的情報。」

「什麼情報？」

「一張照片，我已經發過去了。」威廉道。

「是嗎？我等等有空再看。對了，威廉，有件事要問你。」王晨想了想道：「你前幾天說，我身上沾染到另一位候選人的氣味，難道這幾天就沒有了嗎？」

威廉沉默一會，「的確沒有，或許他已經不在附近。為什麼這麼問？」

「今天發生了一些事。」王晨想到那輛莫名失控撞向甄芝的汽車，還有甄芝、劉倩兩人奇怪的表現。「看跡象，那名候選人還在背後操縱，所以我才問你他在不在附近。」

「最起碼我沒有感覺到他的……等一等，殿下！」威廉語氣突變，「您最近有接觸什麼人？」

「接觸的人很多，魔物就你和 Jean 兩個。」

電話那端一下子悄無聲息，幾乎讓王晨以為威廉已經掛斷了。

「殿下，我馬上趕到您身邊，請您先找個安全的地方！」威廉急匆匆地說完這句，電話便掛斷了。

怎麼回事？見一向沉穩的魔物管家這麼著急，王晨不禁開始動腦筋。難道那位候選人還在附近，並且用了什麼方法蒙蔽了威廉的感知？

甄芝和劉倩剛剛發生的一連串事情，絕對是那位幕後操控者的所作所為，這說明那個魔物一直監視著他們，甚至可能已經發現了王晨的身分！

如果真是這樣，情況便十分緊急了，但是王晨知道現在容不得自己退縮。這場遊戲，他既然參了一腳，就不能退出了。

嘀嘀，手機傳來簡訊提示音。

王晨翻開信箱，發現是來自威廉的簡訊。他連忙打開，一張照片出現在手機螢幕上。

那是一張有了年月的老照片。照片上是兩個女孩，女孩們站在老舊的院子圍牆邊，牆上的爬牆虎長得正茂盛。兩個女孩對著鏡頭，笑意盈盈。

也許是因為時間太久了，只能看出人物的大概表情，卻看不清容貌。王晨仔細看著這張照片，心想，這兩個女孩該不會是當年的劉倩和甄芝？威廉傳這張照片來，又有什麼用意？

仔細揣摩著照片上的兩人，猛地，王晨像是抓住了什麼線索，顧不上威廉的警告，推開陽臺的門向走廊奔去。

回到原來的地方時，甄芝不在座位上。他連忙詢問附近的病人，「你知道剛才坐在這裡的女人去哪了嗎？」

「啊？她啊，剛才好像和醫生走了。」

「哪個醫生？」

「一個戴眼鏡的醫生！」

劉倩的私人醫生！被他搶先一步了！

王晨躊躇地在原地站了幾秒，隨即向詢問檯的護士們走去。

而另一邊，甄芝跟在劉醫生身後，有些不安地詢問：「這次一定能成功嗎？」

走在前面的醫生沒有回頭，嘴角露出一份笑意。

「相信我。」

時間一分一秒流逝，王晨顧不得醫院裡不准奔跑的禁令，向五樓的住院部趕去。

「妳好，最近送來的那位病危的女病人在哪個房間？」王晨詢問住院部的護士，對方用疑惑的眼神望著他。

「我是她雇的看護。」

護士了然地點點頭，幫他指明了房間。

1108 病房，王晨推門而進時，只有一個打掃的護工在。

「這裡的病人呢？」

「病人，剛才就走了呀。」護工大嬸拿著手中的床套走出門。「這間病房現在沒住人，你進來幹什麼？出去，別打擾我工作。」

王晨就這樣被大嬸趕了出去，左右望了一眼，退出房間，跑去別的地方找人。他在醫院焦急地東奔西跑，被經過的醫生喝止。

「哎，那邊那位病人家屬，不要在醫院裡奔跑！」

被人點名，王晨只能無奈地停下來。中年女醫生走到他面前，抓住機會就開始碎念起來。

「醫院裡有很多病人，你這樣在走道奔跑很危險知不知道？再急的事也不能跑，要是出了意外怎麼辦？我說你們年輕人啊……」

被一大堆人注視著，王晨只能耐著性子聽她訓話，正有些不耐煩時，眼角突然瞥到一個人影。人影一閃而逝，快得讓他以為是錯覺，不過即使只看了一眼，王晨仍舊認出了對方身分。

實在太熟悉了，絕不會認錯！也正因如此，他張大了嘴，一時不敢相信自己所見，他覺得自己完全錯亂了。

怎麼可能？那張臉怎麼會出現在這裡？

「哎，你聽清我剛才的話了嗎？」見王晨心不在焉，女醫生有些氣憤，正準備多說兩句，站在她身前的年輕人突然轉頭，大步走出醫院。

「殿下！」

王晨剛到醫院門口，就迎面撞上了威廉，魔物管家似乎是匆匆趕來，一絲不苟的髮型都變得凌亂。

「您沒事吧？」威廉焦急地問。

「我沒事。」王晨渾渾噩噩地搖了搖頭，又點了點頭，最後抬起頭，詢問管家：「魔物會使用幻術嗎，比如憑空變出一個大活人之類的？」

「為什麼這麼問？」

王晨看著他，臉色沉重道：「因為剛才，我好像在醫院走廊看到了另一個我。」

為了節省時間，王晨只能簡明扼要地和威廉說明情況。

「我和你打完電話沒多久，甄芝和劉倩都不見了，那個古怪的醫生也不見了，聽護士說甄芝跟著他走了。我在找人時，跑到一半被人攔住，然後就看見對面走道跑過去一個人，那個人正是我自己。」

王晨陳述完，追問：「這也是利維坦的能力嗎？製造幻覺幻術，憑空變出活人？」

威廉神情嚴肅，「七君王的能力非同小可，製造幻象也並非不可能，問題是他為什麼要製造出另一個您？也許是為了干擾您的思維。」

王晨苦笑，「那他的確成功了。」

在大白天，人聲鼎沸的地方遇見另一個自己，那和活見鬼沒什麼兩樣。關鍵是，他現在又弄丟了甄芝和劉倩，事情變得非常糟糕。

如果繼續下去，他會輸了這一局。

王晨並不甘心。他下意識地翻轉著手裡的手機，思考翻身的辦法。

剛剛找到了一點點線索，事情就發生了變化，現在唯一的解決方法，就是找出這一局的陣眼來破局。

這是掌管妒忌的君王利維坦的狩獵遊戲，肯定與嫉妒脫不了干係，那麼現在的關鍵就是釐清甄芝與劉倩的是非，將她們之間發生的事弄個明白。

王晨看了手中的手機，突然有了主意。

雖然兩位當事人都不在，但並不代表他不能通過其他方法找出真相。

「威廉！」他看向魔物管家，目光灼灼。

「帶我去一個地方。」

Chapter 9

嫉妒（六）

「利維坦，利維坦，你在幹什麼？」

「利維坦，利維坦，我肚子餓了。」

「利維坦，利維坦，壞心眼的利維坦，壞心眼的利維坦。」

魔物君王輕抬眼眸，看著在自己身邊不斷轉圈的孩子，無奈地放下手中的書，揉了揉她的腦袋。

「怎麼了，貝希摩斯。」

被他稱作貝希摩斯的是一個年約十一、二歲的小女孩。女孩有一頭柔順的亞麻色頭髮，用緞帶整齊地束著，穿著齊膝的格子小短裙、蕾絲邊的白襯衫。當她睜開眼看著你時，沒有人不被她純潔無辜的眼眸打動。

貝希摩斯，總是跟在利維坦身後的小跟屁蟲，雖是化作小女孩的模樣，但是在傳說中，她還有另一個身分——神在第六天創造了可吞噬天地的巨獸，一為利維坦，另一為貝希摩斯。

在魔物當中，貝希摩斯是七君王之下的魔物公爵，而這一屆的貝希摩斯，則是利維坦同父異母的妹妹。他們都是最初的利維坦與貝希摩斯的血脈，身上流著巨獸的血液。

「人類的世界一點都不好玩。」貝希摩斯像個真正的小女孩一樣嘟著嘴，表達自己的不滿。「我們什麼時候才能回深淵？我一點都不喜歡待在這裡。」

「我的事情還沒有辦完，貝希摩斯。」利維坦寵溺地抱起她，「可以再陪我待一陣子嗎？」

「好吧，既然你都這麼說了。」貝希摩斯勉為其難地答應，又探頭看向利維坦手中的水晶。「你為什麼總是關注這個傢伙？」

「哦，他啊。」利維坦順著她的視線看過去，「他是與我競爭王座的對手，當然要關心。」

「可是這個傢伙一點都不厲害，貝希摩斯一隻手指就可以捏死他了。」女孩不滿道：「利維坦天天看著他，都沒有時間和貝希摩斯玩。」

「噓，貝希摩斯。」

君王抱著自己的妹妹，用食指輕輕貼上她的嘴唇。「可不要學人類，變得嫉妒哦。」

「那有什麼關係。」貝希摩斯滿不在乎道：「即使我嫉妒，也不會像人類一樣變得愚蠢弱小，我可是魔物！」

君王輕輕地笑了。

「是啊，只有人類才會因嫉妒而變得有趣。」

他又看向桌上的水晶，暗紅色的眼裡閃爍著捕獵的愉悅。君王壓低的聲音，在昏暗的空間幽幽傳遠。

「弱小、愚蠢，又美味的人類啊。」

不過，也許有趣的事物，還要加上一個小魔物。

「啊啾！」

王晨揉了揉鼻子，看著頭頂高掛的太陽。

天氣很好，他卻接連打了好幾個噴嚏。魔物也會感冒嗎？說起來，他人生，不，魔生的前二十年，也沒少生病發燒，還是說他和別的魔物有什麼地方不一樣？

「殿下，我們到了。」

在前面帶路的威廉突然出聲，將王晨帶出了無止境的思考。

他們現在站在一座老式的院牆外，透過院牆可以看見裡面建築的屋頂。這是一棟建造於八十年代的建築物，如今已變得老舊破敗。

鐵門鏽蝕不堪，鎖早就壞了，王晨輕輕一推，直接進了庭院。院子裡只有一棵老樹迎接他們，樹下則是一群爬牆虎，爬滿了圍牆。

王晨覺得這個景色很眼熟，不正是當年甄芝和劉倩拍照的背景嗎？那麼，這裡就是她們兒時的住處了。他四處環顧一圈，終於在大樓外的涼亭裡找到了一名打瞌睡的老婦人。

「阿姨，阿姨您好。」

白髮蒼蒼的老婦人抬起頭，疑惑地看向他。「你找誰啊？」

王晨翻出照片，「您認識這兩個人嗎，劉倩和甄芝。」

「什麼劉倩甄芝啊，不認識。」老婦人搖了搖頭，眼神有些混沌。王晨正失望間，她看著照片，突然一轉態度。

「哦哦，你說的是小黑與麗麗啊，我們社區裡的孩子，這不是她們的照片嗎？」老婦人問：「你是誰？」

有戲！

王晨擺出一個微笑，「我是警局的人，來做個調查。」

「哎，她們出事了？被警察抓了？」

「沒有，只是前陣子這兩位女士的身分證件遭竊，被人盜用，我們來原籍地做一下調查，確認一些資訊。」

老婦人聽不懂王晨費力想的藉口，她只知道眼前這小夥子是警察，警察是不會騙人的。於是，王晨接下來的問話進行得很順利，老婦人將知道的都告訴他了。

劉倩與甄芝，不，應該說是麗麗與小黑，是在同一個社區裡長大的玩伴。但不同的是，麗麗長得又白又漂亮，小黑卻長得又黑又醜，兩人的外號也是因此而來。

兩個差異如此之大的女孩，不知為何卻成了貼心好友，從小學到初中，再到高中，兩人一直同校，感情很好。不過，也有相處不好的人。

「那幫壞小子總是欺負小黑，說她長得醜。」老婦人道：「不過麗麗會幫她罵回去，麗麗對她很好。」

王晨若有所思，「她們一直都在一起嗎？」

「當然了，一直到大學都在一起，不過後來她們兩家人搬出去後，我就不知道了。啊，小黑前陣子有來看望我，還帶了禮物給我。」老婦人說著笑了起來，臉上的皺紋擠在一塊，像一朵風乾的雛菊。

「警察先生，還有什麼要問的嗎？」

「沒有，已經夠了，謝謝您。」王晨點頭致意，起身離開。

威廉一直跟在他身後，不過老人家似乎視力不太好，並沒有注意到魔物管家。

兩個魔物走出了院子，王晨突然開口：「直到兩年前為止，甄芝還是事業無成，被未婚夫逃婚吧？」

「是的。」

「可是她現在不僅事業蒸蒸日上，護花使者也很多。威廉，聽到剛才老婆婆講的故事，你難道沒有任何感想嗎？」王晨瞇著眼，陽光從他背後照來，在臉側打下一道陰影。

「三十年河東、三十年河西，當年的小黑如今事業有成、青春靚麗，而當年的麗麗卻只能坐等死亡。」他輕笑，「這是不是太巧合了？」

簡直就像是把一個人的氣運，全搶了過來。

不過王晨並不感到意外。

十幾年如一日地做著綠葉，襯托同伴的優秀，還總是被出色的朋友看到自己落魄的場面，總需要她的相助……這不僅僅是什麼天真無邪的友誼，也許對於小黑來說，麗麗的幫助、麗麗的優秀，只是一次次地提醒著自己的醜陋和無能，戳著她的傷口。

在這樣的環境下，小黑最後心生扭曲，想奪走麗麗的一切也不是不可能。

「我們去找甄芝。」王晨下令道。

在茫茫人海中尋找一個人類，對魔物來說並不是難事。甄芝既然被利維坦用妒忌掌控，那麼她就是一個散發著香味的食物，魔物想找到她並不困難。

本該是如此。

但在威廉又一次嘗試失敗後，主僕二人都有些氣餒。

「怎麼可能？」王晨沒有懷疑威廉的實力，而是思考究竟哪裡出了紕漏。

既然甄芝與利維坦做了交易，那她不可能不沾染上妒忌的氣息。威廉使用魔物的能力搜尋，就一定能輕易地找到被妒忌標記的她，但現實卻是屢屢失敗。

「會不會是被對方遮罩了？」

威廉不認同道：「即使遮罩，我也能感覺到異樣，但現在是絲毫搜尋不到甄芝。這座城市裡，有五萬六千多人陷落在利維坦的妒忌中，這之中卻沒有甄芝。」

究竟是哪個環節出了差錯？王晨皺眉，想問問能不能通過其他方法找到甄芝，卻在這時，他的手機響了起來。

「喂，請問是王晨嗎？」

「我是。」

「請你到XX分區警局一趟，我們需要你配合做調查。」

調查？

王晨微愕，「可以，但能否告訴我為了什麼？」

手機裡傳來對方簡短的解釋，聽著回答，王晨的臉色漸漸沉了下去。

半晌，他掛斷電話，對威廉道：「甄芝死了。」

Chapter 10

嫉妒（七）

王晨怎麼也沒想到，自己找了半天，最後等來的卻是警察的通知——甄芝身亡，並且是死在劉倩的公寓裡。

雖然沒能看到甄芝的屍體，卻解釋了為什麼威廉聞不到甄芝的氣息。

魔物聞不到死人的味道。

甄芝究竟是因何而死？警方沒有透露更多，只讓王晨保持手機開機，等待他們的聯繫。

離開警局後，王晨想辦法要回劉倩的公寓一趟。當然不能明目張膽地回去，現在那裡被幾十雙眼睛盯著。

他只能等晚上警局的人離開後，再拜託威廉施展隱身的法術，兩個魔物悄悄潛進去。

走進公寓，王晨便聞到一股刺鼻的硫磺味，他不由得回頭看了威廉一眼。在西方的傳說裡，惡魔出現都伴隨著硫磺的味道。

果然，威廉只吸了一口空氣，便下判斷。

「有魔物來過這裡。」

「是利維坦嗎？」

威廉沒有說話，算是默認了。

「那麼甄芝是因為與魔物交易，被反噬而死？」王晨問：「這樣利維坦的捕獵，算成功還是失敗？」

威廉環視屋內一圈，突然抬手。王晨感覺到一道無形的波紋在他抬手間被釋放出去，充滿整間房屋。幾秒後，室內發生了令人驚異的轉變。

白色的牆壁變作一團熊熊燃燒的火焰，暗紅的火紋隱隱浮出。而在火紋最中央，有一個酷似眼睛的圓球，那圓球竟似活物一般，感覺到王晨的視線，突然轉動著向他看過來。

「噗滋！」

威廉搶先一步將圓球戳破。圓球發出一聲刺耳的尖叫，在威廉手中化作一團灰燼，而與它相伴出現的火紋，也漸漸從牆壁上消褪，一切又恢復正常。

王晨盯著威廉手中的一堆灰飛，覺得自己好像在哪裡見過這個圓球。

「是甄芝噩夢裡的那個眼球。」他想了起來。

「這是利維坦的監視之眼。」威廉說：「他用這個來監視自己的獵物，迷惑獵物的神智。」

「獵物？」王晨喃喃自語。

甄芝不是和魔物簽訂了契約，奪走劉倩的氣運嗎？要說獵物，那也該是劉倩才對，怎麼是甄芝被眼球盯上了？

他覺得自己似乎遺漏了什麼重要的事。

甄芝與劉倩奇怪的境遇轉變、兩人的童年、利維坦的捕獵遊戲、甄芝的死亡。在這之中一定有哪裡弄錯了，究竟是哪裡，是哪裡？

小黑和麗麗從小一起長大，感情好得不得了呢。

老婦人的話還迴盪在耳邊。

王晨閉上眼。他一直以為奪走劉倩氣運的是甄芝，所以她這兩年才能如此無往不利，而劉倩卻是日漸消瘦。但是如果，他從一開始就弄錯了呢？

「威廉。」他睜開眼，看向自己的魔物管家。

「這是利維坦的局，你能感覺到他已經完成捕獵了嗎？」

威廉閉上眼感受一下，隨即搖頭道：「沒有，利維坦的靈魂能量並沒有獲得增長。」

魔物會利用人類心底的欲望，並放縱這種欲望生長，直到他們認為可以收穫了，才會將承載著欲望的人類靈魂吞噬。

利維坦還沒有進食，就說明嫉妒的源泉還在滋長，他還沒食用這一次的「妒忌」。

但甄芝已經死了。

如果她就是「妒忌」，利維坦應該早已將果實吞吃入腹了才對。

這只代表一件事——這次的「妒忌」還活著，她不是甄芝！

「劉倩！」

王晨突然大喊一聲，道：「威廉，找出劉倩在哪裡！」

威廉沒有多問，輕輕一揮手，一道光幕出現在兩魔眼前。

人來人往的舞廳，一個時尚女子坐在舞廳一角，她端著高腳杯，笑意盈盈地看著舞臺中央耳鬢廝磨的男女，一飲而盡。

女子容光煥發，皮膚白皙細膩得如同剛出生的嬰兒。如果不是看見她右臂上的一顆痣，王晨絕對不敢說這個人就是劉倩。

他還記得就在今天早上，被送到醫院急救時劉倩還是奄奄一息、骨瘦如柴的模樣。如今，卻像換了個人。

有人坐到劉倩身邊，輕抬起她的手，像一個虔誠的求愛者般吻了上去。然而，在他低頭的那一瞬間，王晨卻看到他似乎向這邊看了一眼。隔著遙遠的時空距離，對用法術窺視著這一幕的他們，送出一個嘲諷的笑容。

那一刻，王晨看到了一雙紅色的眼睛。

利維坦！

啪——光幕轟然破裂。

一切真相大白，劉倩才是與魔物訂下契約的人。王晨踉蹌地倒退一步，頹然地嘆了口氣。

這一局，是他輸了。

「威廉，利維坦已經開始進食了嗎？」

威廉皺眉，看向天空。

「是的，吸收了這次的『妒忌』，利維坦的能力會更進一步。而且因為這次的遊戲有您的參與，長老會將判定他勝出一局。」

就是說利維坦離王位更近了，而自己則成了墊腳石嗎？王晨苦笑一聲，為自己的失誤懊惱不已。

「但是，我們並非沒有轉寰的機會，殿下。」

聽見這句話，王晨愣愣地抬起頭，目光炯炯地看向威廉。

「你說什麼？」

「您的天賦能力是時光溯流。」威廉說：「這是您與生俱來的能力，利用它將時間倒退，就來得及挽回一切。」

「這不可能吧？」王晨道：「在這之前，我每次使用能力頂多將時間倒流一、兩秒，突然要將時間倒退那麼久，我做不到。」

「將整座城市的時間倒退一天，以您目前的實力的確做不到。但是如果有我的幫助，只是將兩個人類流逝的時間倒退一天，您還是可以做到的。」威廉說著，拿出一張照片。

王晨認了出來，是那張小黑與麗麗的合照。

「以此為媒介，我會創造一個與現實世界相似的環境。您將甄芝與劉倩兩人身上的時間倒流回一天前，與她們一起進入幻境，就可以改變故事的結局。」

竟然還有這麼不可思議的方法！

王晨問：「幻境裡發生的改變，也會帶到現實中嗎？」

威廉望著自己的主人，露出一個寬心的笑容。

「只要您想，就可以。」

還有什麼好猶豫的呢？王晨伸手握住照片。

「告訴我該怎麼做。」

威廉躬身，「是，殿下。」

屋內陷入一片寂靜，片刻之後，一道白芒乍起，將王晨包裹進去，而與他一同消失不見的，還有那張老舊照片。

同一時間，現實，有很多人察覺到了異樣。

舞廳，利維坦看著懷中突然消失的食物，眼中閃過一絲詫異。

帝都，某個祕密的地下基地，穿著白袍的研究員們亂作一團。

「收到信號波動了！」

「確認在東南沿海地區，信號輻射強烈。」

「信號波動消失，無法追蹤。」

臺階上，戴著眼鏡的中年男子看著臺下忙碌的研究員們，深嘆一口氣。

「終於走到這一步了嗎？」

在他身後站著一個年輕男人，與其他人不同，他沒有穿著白大衣，而是一身緊身作戰服。

「魔王即將回歸。」年輕人說：「科長，我們與魔物的終戰遲早會到來。」

年輕人看向虛無的前方，犀利的視線仿若刀劍，與無形的敵人戰鬥。

「人類與魔物，只有一方能存活。」

冰冷的聲音徘徊在地下基地內，也迴盪在每個舉起反擊號角的人類心內。

此時的王晨，完全不知道自己究竟引起了多大的波動。自從踏入威廉構築的環境後，他覺得自己進入了一個夢的世界。

再次睜開眼時，世界變回了白天，自己站在馬路街頭，四周車水馬龍，一切都與現實一模一樣，卻籠罩著一層白霧。他掏出手機確認時間，現在正是劉倩被送到醫院不久之後。

還來得及！王晨轉身，飛速跑向市立第一醫院。

進入醫院，為了不引起他人注意，他只能盡量放慢腳步，裝成一個普通的病人家屬。

就在快走到劉倩的病房前，他聽見一聲熟悉的喝斥。

「哎，那邊那位病人家屬，不要在醫院裡奔跑！」

王晨驚了一下，下意識地回頭看，還好這次被喊住的人不是他，至少不是現在的他。

他悄悄躲在一邊，看著另一個自己被女醫生拉住訓斥，心裡還覺得頗為有趣。

不過王晨並沒有忘記正事，趁著那邊的「王晨」吸引了所有人的注意力，他一陣小跑，直接鑽進了另一個走道。

在跑進房內前，他感覺到了「自己」詫異的視線。

他呵呵笑了，原來這種好像大白天撞鬼的事，根本不是其他魔物製造的幻象，而是自作自受啊。

終於走到了劉倩的病房門前，王晨握住門把手，腦袋裡還記得自己早上是怎樣被打掃的大嬸唬走的。他想了想，退到一邊去。

果然，不出一會，清潔工走了出來，轉身關上了門。

關上門？

王晨冷笑，如果裡面真的沒有病人，又何必這麼小心翼翼？只可惜當初的自己如此輕易地被瞞騙了過去。他安靜地等待了幾分鐘，隨即走上前，握住把手，推門而入。

這一次，他可不打算再輸一局。

Chapter 11

嫉妒（八）

打掃的大嬸離開後，病房內瞬間變得悄靜無聲。

幾分鐘後，廁所的門無聲無息地從裡面推開，一個穿著病服的女人左右環顧，小心翼翼地走了出來。

「妳果然在這裡。」

突入其來的聲音嚇了她一跳，她見鬼一樣看著出現在病房門前的男人。

「是你！怎麼會——」

「怎麼沒被妳騙走？」王晨笑了笑，隨手關上門，整個人擋在門口。「如果沒有新病人入住，醫院又何必派人打掃，又何必換床單？如此簡單的謊言，還欺騙不了我。」

他說這句話時一點都不臉紅，好像上一次被「如此簡單的謊言」欺騙的人，不是他自己一樣。

發現自己被識破，穿著病服的女人一邊後退一邊威脅道：「不要過來，你不要再過來，再過來我就喊救命了！」

「救命？」王晨不為所動，「的確是該救命，不過救的不是妳的命，而是別人，是被妳奪走一切，還傻兮兮地幫助妳的甄芝。該救的是她的命，我說的對嗎！劉倩！」

被識破的女人臉色一下變得蒼白，不敢置信地望向王晨。

王晨看著她。「直到現在我才明白，什麼病危，病重入院，一切都是假象。是醫生和妳設下的局，奪走甄芝性命的騙局。」

「你果然是她雇來的奸細！」劉倩歇斯底里道：「你一直在調查我！」

「我是妳雇來的人，也不是甄芝的奸細。」

「說謊！你說謊！那你為什麼幫著她，還要阻攔我！你究竟是什麼人！」

「我是什麼人與妳無關，我阻攔妳的原因，也沒必要告訴妳。」王晨好笑地看著這個一驚一乍的女人。

「其實，之前我一直在分析妳和甄芝，究竟誰才是背叛的一方。最開始我以為和魔物做交易的人，是甄芝。」

他繼續說下去，看著劉倩的臉色越來越蒼白。

「因為事情太巧合了，妳生病臥床，她卻一帆風順，看起來就像是她奪走了妳的健康與美麗——直到我看到了這張照片。」

他舉起手機，讓劉倩可以看到螢幕上的照片。

「這個女孩是妳吧。」指著其中一個面目不清的女孩，王晨問：「小黑？」

「不！」劉倩尖叫，「那不是我，不是我！不要那樣叫我！」

她如此歇斯底里，反而證實了王晨的猜測。

雖然照片上的面容已經看不清，但眉眼間仍有相似之處。王晨嘆了口氣，為什麼自己之前沒發現呢？

無論是以前還是現在，麗麗臉上的笑容總是真誠的，而小黑和現在的劉倩，卻總是帶著面具在笑。

他看不清照片上兩個女孩的容貌，無法知道她們的美醜，但是如果只論神情，如今的劉倩，哪怕有著如花的容顏，也像一個披著畫皮的魔鬼。

諷刺的是，比起王晨，現在的劉倩更像魔物。長時間被心魔纏繞，長時間違背天理搶奪別人的氣運，已讓她心生魔障。

看著被自己逼得心慌的劉倩，王晨繼續打擊她。「我一直以為是甄芝因為嫉妒而陷害妳，現在才發現，原來是妳在嫉妒她。」

「我？好笑！我為什麼要嫉妒她！」劉倩尖聲道：「她只不過是一個三流公司的員工，連未婚夫都拋棄她！我為什麼要嫉妒這種女人！她憑什麼？」

「就憑是妳把她害成這樣。」

王晨的一句話，堵住了女人瘋狂的叫喊。

「甄芝的確有一段時間不如意，但是現在卻漸漸好轉起來，甚至好得讓人懷疑，是不是她用了什麼特殊手段，也因此一直讓我以為是她在對妳下手。可是現在想一想，也許並不是這樣，也許這些本就是她應該擁有的事業和愛情，而妳，卻奪走了屬於她的東西。」

王晨緊盯著對方的眼睛，看出她的一絲慌張。

「我不知道妳和那個醫生是用什麼方法奪走甄芝的運勢，不過，我猜這個辦法是有時效的。當期限到來，甄芝的命運會重回正途，妳也要承擔奪走她氣運的處罰，一病不起……」

「我沒有！什麼命運，究竟是誰規定的！誰搶到不就是誰的嗎？」劉倩嘶喊道：「既然我奪來了，就是我的，是我的！我為什麼要還給她！」

看著女人猶如瘋癲的模樣，王晨想起了幾天前那名醫生對他說的一番話。

健康，人類一旦得到，就不想再失去，更害怕失去。

恐怕醫生當時想說的不是健康，而是指劉倩搶來的運勢吧。

「這不是妳該擁有的。」王晨毫不在乎女人的瘋狂，「妳以為借助惡魔的幫助百利而無一害？妳以為他會真的幫妳？恐怕到時候，妳要加倍償還妳搶奪得來的享受。」

王晨絲毫沒有注意到自己在說這番話時的語氣，像是在宣布真理，有著高高在上的冷漠。或者說他是以俯視的角度，對劉倩下判決。

劉倩一下子愣住了，看著這個突然變得不一樣的男人。

「你是、你究竟是誰？」

是誰？

王晨也不明白自己是以什麼身分說出這番話，是以旁觀者，還是以魔物的身分？想了想，他說：「我是這次遊戲的參加者，不幸，是和妳對立的玩家。」所以很抱歉，這次絕不能再讓你們得逞。

甄芝跟在醫生身後，忐忑不安地看著四周。他們越走越偏僻，現在已經走到醫院的地下停車場。

「等等，醫生。」她終於說出自己的不安，「你不是說有辦法救倩倩一命嗎？為什麼要把我帶到這裡？」

「啊，辦法，當然有辦法。」走在前面的醫生，聲音在黑暗中似乎有些走音，他的背影在地下停車場昏暗的光線中若隱若現，變得飄忽起來。

「只是這個辦法，不知道妳願意不願意？」醫生轉過身。

「無論是什麼辦法，只要能救倩倩一命我都願意。」甄芝的眼睛一下子亮了起來，上前緊緊抓住醫生的衣袖。「是什麼藥？不論多貴我都買！還是要去國外治療？」

唇角悄悄掀起一個弧度，醫生輕聲道：「如果……是要用妳的命來換呢？」

他又輕聲地問了一遍，「妳願意用自己的命換劉倩的嗎？」

「難道妳要用她的命來換妳的嗎？」

幾乎是同一時間，王晨這樣咄咄逼人地問劉倩。

「妳和醫生謀劃好，奪走甄芝的事業、愛情，甚至是性命。」他看著對面那個女人，「你們幾乎成功了。妳已經擁有過這一切，那現在我倒想問妳，妳以後想和誰分享妳的成功？」

「你、你說什麼？」劉倩慌張地看著他。

「妳搶奪過來的幸福，妳準備和誰分享它？」

「分享？我為什麼要和別人分享屬於我的東西？」

王晨打斷她的話，「我知道妳很自私，不過我要提醒妳，作為群居動物，人類所擁有的幸福很多時候並不是源於獨占，而是同別人分享。」

劉倩用看怪物的眼神看向他，「你在說什麼？」

「我換個說法問妳。當妳事業成功時，妳要和誰分享喜悅？當妳收穫愛情時，妳想要告訴誰妳的甜蜜？當妳擁有了一切，又有誰會站在妳身邊祝福妳、恭喜妳？」王晨道：「還是妳只想待在一個密閉房間，讓這些發霉發爛？」

「我……」

「妳想一個人孤獨到老？我必須告訴妳，那可不是什麼好滋味。」看出劉倩想開口，王晨搶先道：「在甄芝以後，妳以為還有誰會對妳付出一片真心？以妳的個性來看，日後再交到一個真心朋友的機率接近於零。」

「夠了！我自私！我卑鄙！你又懂什麼？」劉倩瞪大眼看著他，「你以為那個女人是真心想和我做朋友？妳以為她是真的關心我？可笑！她只不過是想要有人做她的陪襯，她只是想要用我的醜去襯托她！只有讓她死了我才能安心。既然你說她對我是真心的，為什麼她就不肯快點去死，成全我啊！」

「……妳真的這麼想？」

劉倩冷笑道：「弱肉強食，所以我現在要奪走她的一切，也沒什麼不對。」

一個人的心可以冷漠到什麼程度？

王晨想起甄芝聽見劉倩病重時的緊張和悲傷，再看著眼前這個逼著甄芝去死的女人，突然覺得諷刺。

也許當人心扭曲到極致時，眼中世界全都變了樣。

王晨嘆了口氣，「談判失敗，看來只能採取強制手段。」

「你要做什麼？」劉倩驚恐地看著他。

王晨走上前，手伸向這個女人，他冷漠道：「不做什麼，只是讓妳暫時安靜一會。放心，妳還挑不起我的食欲。」

劉倩驚懼地看著王晨越走越近，她想要反抗，想要尖叫呼救，卻發現自己一絲聲音都發不出。她最後的意識，是看到王晨走到自己面前，隨後，便是一片黑暗。

地下車庫，甄芝還在思考醫生語句裡的意思。

「我的命？你的意思是，要移植我的骨髓或別的什麼器官給倩倩？」甄芝疑惑道：「我和她的器官匹配嗎？還是要找別人？難道倩倩的病這樣就能治好？」

多麼愚蠢的女人啊。醫生嘲諷地搖了搖頭，道：「我說了，是妳的命。」

他逼近一步，單手桎梏著甄芝的雙手，將她拉到自己面前。「為了我和劉倩的計畫，妳必須去死。」

醫生另一隻手摘下眼鏡，暗紅色的雙眸在黑暗中散發著詭異光芒。

劉倩錯愕地看著他，「你──！」

「妳不是關心她，想要她活下來嗎？」醫生的外貌逐漸改變，眼角延伸出一道深黑色紋路，劃過太陽穴，直至腦後，看起來就像長在太陽穴上的黑色翅膀。

「現在劉倩希望妳死，好完全獲得屬於妳的一切，難道妳不想成全她？妳不是她最好的朋友嗎？」

蛻變仍在繼續，就像是脫掉了一層外殼。魔物扔下人類的皮囊，逐漸露出自己本來的樣貌。地上不知何時蔓延了一地的水，散發著鹹腥氣，令人作嘔。

「不，不！」

甄芝被魔物外貌和他所說的話震驚得說不出話，卻還是不敢相信。

「倩倩不可能會這樣對我！」

「很遺憾。」低啞的聲音彷彿從地獄傳來。

蛻變成魔物外形的醫生微笑：「『讓那個女人快點去死，讓她的一切都變成我的！』這可是她親口對我說的話。」

那雙暗紅色的眼眸好像在蠱惑著她，甄芝漸漸意識模糊。「怎麼可能，倩倩為什麼、為什麼要……」

「為什麼，因為她嫉妒妳啊，可憐的女人。」

看著在自己懷中失去意識的甄芝，魔物愉快地露出笑容。嫉妒，多麼美妙的詞，它可以輕易挑撥人類的情緒，讓他們為自己所用，並填飽自己的肚子。

美麗的容貌、出色的成績，財富、能力、外貌，甚至只是一件新的衣裳，都可以輕易煽動起人類深藏在心底的嫉妒。利維坦來到人世至今，從未嘗過饑餓的滋味。充滿了欲望的人類社會，就是魔物最好的獵食場。

利維坦伸出長長的指尖，輕輕地在甄芝的脖頸處劃著，低沉而魅惑的聲音迴盪在周圍。

「放心，我會讓她很快就去陪妳——在獲得她的靈魂後。」

嘴角的弧度揚到最大，魔物眼中閃爍著興奮的光彩。指甲微微用力，他期待掐碎手中脆弱的獵物。

「唔——！」

就在即將進食前，魔物悶哼一聲，不由得鬆開手。他飛快地拋下手中人類，飛離原地，轉身戒備地看向不速之客。

一道暗影飛快襲來，趁他不備奪過地上的獵物，對峙般地站在魔物對面。

暗紅的眼睛瞇起。

伸手擦過右臂，看著指尖上屬於自己的血液，魔物壓低聲音道：「為什麼你會在這裡？」

Chapter 12

嫉妒（九）

在幾步遠處，王晨抱著昏迷的甄芝站在水中。水面還在不斷地上升，他將甄芝放到一輛轎車的車頂，看著眼前的魔物。

「因為要來打敗你，利維坦。」

此時，完全蛻變的利維坦不再有著人類的外形，更像一隻恐怖的巨獸。

它有著鱷魚的頭部、堅硬的鱗甲，粗壯的後腿保證它站立在地，支撐著巨大的身軀。同時它也有著鯨魚的雙鰭和巨大的尾巴，長而粗的尾巴在水裡輕輕攪動，掀起巨大的漩渦與浪潮。更可怖的是，這隻怪獸腹部長有尖刺，長達一米的尖刺能將任何企圖偷襲它的人輕易洞穿。

而現在，這隻恐怖的巨獸就站在王晨身前。它戲謔地笑著，用粗啞的聲音再詢問了一遍。

「你剛才說什麼，小傢伙？想要打敗我？」

看著這隻站立起來差點頂穿停車場的巨獸，王晨咕嘟一聲咽了下口水。這恐怕還不是利維坦的最終形態，但是對付自己這個魔物新手，已經是綽綽有餘了。

王晨看了眼昏迷的甄芝。好吧，現在他該考慮的，不是怎樣營救這個女人，而是怎麼保住自己的命了。

變形後的利維坦，粗啞的笑聲從喉嚨裡傳來。

「小傢伙，看來你還沒明白我們魔物的規則。」它說著，一條尾巴重重拍向水面，掀起的巨浪向王晨撲面襲去。

「在這裡，可不是說一、兩句逞能的話，就成得了英雄！」

王晨狼狽地躲過襲擊，全身都濕透了。

「糟了！」

倉促之間，甄芝被他遺忘在車頂，利維坦正在向她緩步走去。

都已經到這一步了，絕不能讓對方得逞！可是比起一位聲名在外的七君王，自己卻是如此弱小！王晨第一次痛恨起自己手無縛雞之力，早知如此，死纏爛打也要讓 Jean 教自己幾個能戰鬥的法術啊！

法術，能力？對了！

這裡並不是真實的世界，是威廉虛擬的世界，是通過自己的時間回溯製造出來的世界！如果是這樣的話……

「停止！」

王晨大喝一聲，同一時間，他感覺到耳邊嗡的一聲，似有無形的音波四散開來！只見原本波動的水面、行進的利維坦，皆僵在原地不能動彈，整個世界好像被人按了停止鍵一樣停頓下來。

成功了！王晨快步跑過去，將昏迷的甄芝抱了出來。

而他跑離沒多遠，利維坦身上瞬間發出一道紅光，接著，靜止的畫面被紅光刺破，一切又恢復原狀。

好在王晨已經成功帶著甄芝離開，他將昏迷的女人塞進另一輛車裡，坐進車廂時，緊緊閉上眼，果然不出一會手裡就出現了一把車鑰匙。王晨想也不想直接插入鑰匙孔，發動汽車！

果然沒有猜錯。王晨慶幸，幸好這個世界是他和威廉共同虛擬出來的，他能控制這個世界的一部分！既然是這樣，他就有一戰之力。

「自作聰明的小子。」

利維坦看著發動汽車逃跑的王晨，冷笑一聲，下一秒，它的背後伸出一對肉翅，翅膀搧動，掀起巨大的旋風，將它沉重的肉體牽引起來。

追上來了！

透過後視鏡，王晨看見利維坦以極快的速度追趕過來。他雖然能開著車在地下車庫與對方周旋，但這並不是長久之道。畢竟這個世界還是與現實世界相通的，即使王晨拚盡腦力想像，也不可能無視物理法則，將地下車庫變成一個沒有盡頭的賽車場。

他對這個世界的改變能力是有限度的。

既然如此，王晨狠狠一咬牙，就在這個限度之內使用能力，將利維坦擊敗！

他駕駛著汽車，以在現實中絕不可能擁有的高超車技，在地下車庫左轉右轉，躲避著身後利維坦的攻擊。

汽車經過的每一個地方，都被利維坦的水柱擊中，支撐的梁柱斷了不少根，剩下的也搖搖欲墜，但是整座大樓卻沒有絲毫晃動。若是在現實世界，這根本不可能。

但正因為不是現實，才給了王晨反擊的機會。

「利維坦！」

他突然掉轉車頭，讓汽車直直向身後追擊的利維坦衝去。然而這個金屬做成的玩具，在魔物眼中和一塊豆腐沒什麼區別，一捏即碎。

這小子是傻了嗎？

利維坦心中疑惑，仍毫不猶豫地甩出一道由水化作的冰刃！尖銳的冰刃輕易地剖開了汽車的金屬框架，車頓時變得破破爛爛。

王晨一個甩尾，躲過了利維坦的後續攻擊，將車頭甩到魔物後方，同時帶著甄芝從車上跳了下來。

「利維坦！」他站在車後大吼，「能坐上王位的魔物，只能是我！」

魔物紅色的雙眸閃過一道厲芒，看著這個不知天高地厚的小子，冷冷道：「愚蠢，你會為你的挑釁付出代價！」

深淵巨獸仰頭長嘯一聲，邁著巨大的身軀向王晨步步逼近。堅硬的鎧甲上發出隱隱紅光，靠近它的水全被蒸發，足見魔物現在的怒意。

王晨帶著甄芝悄悄後退一步，看著擋在他們與利維坦之間的汽車，輕輕地勾起唇角。

「你也會為你的傲慢付出代價。」

利維坦瞥見他嘴角詭異的笑容，心中生出一絲預警！然而，還沒等它想出什麼來，王晨飛快地從懷裡掏出一個東西，扔到正在汩汩漏出汽油的車子前。

轟的一聲，漂浮在水面上的汽油被明火點燃，瞬間將利維坦包圍在內。因為之前汽車的運行軌跡，灑出的汽油正好都漂浮在利維坦身邊，此時火圈將它團團圍住，困住了這個魔物！

王晨站在火勢蔓延不到的地方，冷眼看著對方一步步走近自己的陷阱。

在烈火灼燒下，支離破碎的汽車有了將要爆炸的趨勢。

烈焰中，魔物的臉龐被映得通紅，然而更加憤怒的是它的心！

自己竟然被區區的螻蟻設計了，而更好笑的是這個螻蟻竟以為，僅僅憑藉這些可笑的陷阱就可以打敗自己！

「你以為這些火焰，就能讓我受傷嗎！」魔物憤怒地揮舞著手臂。

王晨輕笑，「如果只是普通的火焰，當然不能，但如果它不是呢？」他揮了揮手中的鍊子，在項鍊上原本作為掛飾的十字架已經不見蹤影。

這是他剛才從甄芝的脖子上摘下的，十字架被他與明火火源一同扔進了汽油中。

在這個超脫於時間外的世界，他可以在規則的允許內，做一些小小的改變。

現在，王晨說：「被十字架賦予靈力，燃燒的火焰變作聖火。魔物，應受聖火的焚燒！」

十字架究竟能不能點燃聖火，所謂的聖火對魔物是否又真的起作用？在現實中，王晨不知道，但是在這裡，他說可以，一定能！

「啊啊啊啊啊啊啊啊啊！你這個……渺小的……」

魔物最後的嘶吼還沒結束，燃燒的紅色火焰突然變作一團團白色的聖潔之火，站在火陣中心的利維坦發出憤怒嚎叫。白色火焰一點一點侵蝕著它的身體，將它一片片熔解。

成功了！

王晨掩飾心中的喜悅，警惕地看著被聖火灼燒的利維坦，防備著情況再次生變。然而，這一次似乎連利維坦也無法反抗了。在陣陣哀嚎聲中，它從腳開始一點點化作灰燼。

這就結束了？看著這一幕，王晨心中確實有些迷惘。魔物的七君王，就這樣輕而易舉地被自己打敗？即使這是虛擬世界，即使這個世界的規則對他有力，此時的王晨仍生出了些微的不真實感。

被聖火灼燒的利維坦正在一點點消失，可就在最後一刻，王晨竟然看見那個化作巨獸的魔物又變回了人形。

它還有什麼後招？

王晨戒備著，然而這一次，人形的利維坦只是看著他，猩紅的眼睛閃過一道暗芒，隨即消失在聖火中。

王晨愣了一下，總覺得最後出現的利維坦和之前的好像有什麼不一樣。正在出神間，他聽到了威廉的聲音，那聲音似乎是直接在他的大腦內響起。

「殿下，您已經改變了過去。時間法則很快就會注意到您，請盡快回到現實世界。」

「我……」

王晨張了張嘴還沒說什麼，就見眼前出現一道白色光圈向他撲來，等他再次回神時，自己已經不在地下車庫，而是在劉倩的公寓中，窗外天色已是白天。

威廉站在他面前，本來昏迷的甄芝則是不見人影。

這是……回到現實世界了？

「威廉！成功了嗎？」王晨一把抓住魔物管家的袖子，「我在那個世界做的事情，究竟有沒有改變了這個世界？」

魔物管家對主人露出內斂的笑容，手指著屋外。

「您認為呢，殿下？」

王晨走出門，被警察圍起來的警戒線已經消失不見，像是從來沒出現過。他還遇到了樓上出門上班的鄰居，對方朝他點頭招呼一聲，完全不在意他身後的屋子。

要知道，昨天晚上甄芝離奇死亡後，整棟樓的人都將這間房子視作不祥，不願意接近。而現在，沒有人記得這間屋子裡曾死過一個女人，一切又回到以往的軌道。

時間倒流回甄芝死亡前。

這裡是現實世界，甄芝還沒有被利維坦和劉倩殺死。

「成功了。」王晨看著自己的手心，不敢相信就是這雙手生生地將時間倒流，讓發生過的事情化為烏有。

不過，既定的命運改變了，那麼原本應該躺在停屍間裡的甄芝，現在又在哪呢？

「咦，你今天來得這麼早？」

王晨回頭，看見一個拎著早點的女人正向他走來。

正是本該死去的甄芝。

Chapter 13

嫉妒（十）

一聲細微的碎裂聲。

利維坦回頭一看，放在架子上的一個傀儡人偶四分五裂，逐漸變成一堆灰燼。而在那個碎裂的傀儡旁，還有十幾個一模一樣的人偶，這些栩栩如生的人偶全都有著同一副面孔，和利維坦一模一樣的面容。

「真不可思議！」

貝希摩斯提著裙角小步跑來，用指頭撚起一抹灰燼。

「竟然有人能破壞你的傀儡分身！那可是你親自摘下鱗甲做的，有本尊十分之一的力量呢。」她歪著腦袋，嘀咕道：「人類什麼時候變得這麼厲害了？」

利維坦笑了笑，將她抱起來放在自己的腿上。

「誰告訴妳是人類做的？」

貝希摩斯道：「不然呢，還有哪個魔物有膽量招惹你？沒本事的魔物根本不敢與你對峙；有本事招惹你的知道這只是一隻傀儡，也沒興趣理會。還有誰會這麼愚蠢又大膽地破壞掉你的傀儡人偶？」

她說著，困惑地抓了抓自己的小腦袋，弄亂了好不容易綁起來的髮型。

利維坦幫她重新紮起辮子，「這次可是個不得了的傢伙呢。他不僅破壞了我的傀儡，還想搶走我的食物。」

他揮一揮手，一幅影像憑空出現在兩個魔物面前。

畫面中，一個面色慘白的女人跪倒在地，不斷痛苦地乾嘔著，在她旁邊，另一個「利維坦」冷眼旁觀著。

「果然。」看著這一幕，利維坦嘆了口氣。「因果被破壞後，施咒者本人會受到反噬。這個人類活不了多久了。」

此時，畫面中的「利維坦」抬頭看向這邊，似乎是在向本尊請示。

利維坦輕聲道：「去吧。」

畫面中的傀儡微微點頭，隨即，整個影像化作一道煙霧，消失不見。

貝希摩斯沉默地看完這一幕，似乎有些憤怒，揮舞著自己的小拳頭。「有人欺負利維坦！我討厭他，我也要去欺負他！」

小女孩口中說出稚嫩的報復語句，若是有別的魔物聽到，絕不會輕視她的這句話。與利維坦同一天誕生的巨獸貝希摩斯，哪怕此時她的外形只是一個小女孩，也不會有魔物因此忽視她恐怖的力量。死在她手中的魔物，足以將深淵的裂隙填滿。

「冷靜一點，貝希。」利維坦安撫道：「還不到妳出手的時候。」

「可是利維坦被人欺負了，有人要搶走利維坦的食物！」

利維坦失笑，「我還用不著要妳來替我打抱不平，乖，去玩吧。」

「可是……」貝希摩斯露出委屈的表情。

利維坦也沉靜下來，輕撫著她。

「相信我，貝希，好戲還沒有開場呢。」

有那麼一瞬間，王晨實在有些反應不過來。

原本還躺在停屍間裡的甄芝，剛剛還在虛擬世界裡和他一起被利維坦追逐的甄芝，竟如此居家地提著一袋小籠包走到他面前。這個世界實在太詭異了。

然而，下一秒他就明白了是怎麼回事。現實世界已經發生的事被他強行修改，那麼世界法則自然會安排一個適宜的「死而復生」時機給甄芝。按照原本的日常生活，此時正是甄芝從家裡出來照顧劉倩的時間。

王晨雖然打破了規則，但是規則也有自己的恢復方式。它通過一種十分不起眼的方式，將「死去」的甄芝又安放回正常世界裡了。如此輕而易舉，卻又如此地不同尋常。

王晨抬頭看了下天，突然有種自己正被某個無形的規則監視的錯覺。

不過，王晨顯然不能讓甄芝進去，劉倩現在根本不在屋裡，誰知道那個奪運失敗的女人會在哪個角落苟延殘喘。總之，發生的一連串事情，得先向甄芝說明才對。

「那個……」他正猶豫著不知該如何開口。

誰知，看著他的甄芝卻突然說話了。

「她不在裡面，是吧？」

王晨有些反應不及。

「倩倩她根本不在屋裡，也根本沒有生病是不是？」說著這些話，甄芝像是突然失去力量一樣坐倒在地。「我還以為只是一個夢，我還在僥倖，可是怎麼會有那麼真實的夢，怎麼會……倩倩她，竟然真的想要我死……」

女人頹然地癱坐在地，嗚嗚哭泣，王晨看著她，知道她什麼都明白了。在那個世界發生的事，以及在這個世界死過一次的事，甄芝並沒有忘記。

「妳打算怎麼做？」王晨索性直接問了，「劉倩與……那個怪物聯手，奪取妳的氣運失敗，必然不會甘心，妳準備怎麼應付他們？」

「我？」甄芝茫然地抬起頭。

一夜之間，事情發生了太多改變。原本感情深厚的姐妹，竟處心積慮算計著她的性命；原本只是雇來打工的年輕人，竟好似什麼都知道一般，變得神祕莫測。

她看向王晨，迷茫道：「就算她要奪走我的命，我能怎麼辦、怎麼辦？」

王晨簡直無語，都這分上了，還只挨打不還手嗎？

「我會幫妳的。」他走上前，蹲在甄芝面前，認真地看著她。「不管是為了妳，還是為了我，我們的利益是一致的。說吧，妳想要怎麼做？」

甄芝沉默了，許久，說出一個王晨壓根沒有想到的答案。

「我想回去看看。」

甄芝說的回去，原來是回到兩人小時候長大的社區。王晨最初踏進這個破舊院子時，實在沒想過自己還會光顧第二次。

甄芝繞著老舊的圍牆，走了一圈又一圈，最後停在爬滿藤蔓的老樹下。

「我其實知道，倩倩心裡是嫉恨我的。」

她突然出聲，聲音在風中被吹得斷斷續續。

「我們都是在這個社區長大的，小時候，社區裡只有我們兩個年齡相近的女孩，我和倩倩一直都很要好。那時沒錢買零食，夏天我們就一起存錢，存到了就去買冰棒分著吃。」

她說著，臉上露出笑容，「那時候多傻，都捨不得吃，到最後冰棒不是被我們吃掉，而是化掉的。我記得當時倩倩心疼極了，還說下次要拿碗裝著冰棒，即使化掉了也可以再凍起來。她從那時候起就那麼聰明了，不像我。

「但是有時候我也知道她不開心，為什麼？其實我都知道，她羨慕我，有時也會嫉妒我。」

甄芝轉過身來，王晨可以看見她漆黑的眼睛。「可這又怎麼樣呢？我一直以為這都很正常，哪怕一時不開心了，我們依然會是最好的姐妹。可是，十幾年了，我竟然一直都不知道……倩倩她，恨我到想要殺了我。」

漆黑的眼眸裡，流出透明的淚水。

「這有什麼呢？有什麼呢！為什麼要瞞著我？生我氣了就跟我說啊！我全都會讓給她，不會搶走的！為什麼要一直假裝在笑，卻在背後恨我呢！」

豆大的淚水落在泥土裡，很快就被泥土吸收，消失不見。然而一滴一滴，帶著苦味的淚卻繼續落著。

「我不敢想，當她對我笑的時候，心裡究竟有多痛苦！我不敢想啊……」

甄芝將哭泣聲隱沒在自己的臂彎裡，王晨就在原地看著。奇異的是，在痛哭的甄芝身上，他看到了一層光，矇矇矓矓，隱約的白色光芒。

那顏色讓他從心底升起一絲畏懼，卻又不由自主地想接近。

這個時候，王晨還不明白他看見的是什麼，直到很久以後，看過了無數魔物與人類身上那抹不掉的黑芒後，他才知道這一層白光，有多麼珍稀。

因為這是人心底，掩藏在最深處的愛。

魔物以人類醜陋的欲望為食，然而對於人類僅有的善良，他們卻畏懼得不敢接近。

之後，因為不放心讓甄芝獨處，王晨將她暫時交給 **Jean** 照顧，自己則和威廉一起商討對付利維坦的辦法。

「就是說，我在幻境裡消滅的只是他的一個分身？」王晨感慨，「僅僅一個分身就有這麼強的力量，不愧是君王級別的魔物。」

威廉瞥了他一眼，似乎很不滿意自己的主人漲他人志氣，滅自己威風。

「只是君王而已，如果您登上真正的王位，將會擁有強於他百倍的力量。」

「是是，我知道。」王晨無奈地看著他，「可我不是還沒當上嗎？而且目前自保的能力也沒多少，對付一個君王還真是挺困難。對了，有劉倩的消息沒？」

「我沒找到劉倩，應該是被利維坦藏起來了。既然他藏起劉倩，就代表他還有後招。」威廉說：「看來妒忌的君王不打算就此放過甄芝，還有我們。」

王晨正襟危坐，「那該怎麼辦？」

「敵在暗我在明，這時只有化被動為主動。」威廉道：「雖然我方的力量目前處於下風，但有時也不妨借力打力。」

「借力？」王晨瞪大眼。「你還要去哪裡找幫手嗎？」

魔物管家看著他，露出微笑，然而王晨怎麼看都覺得那個笑容不懷好意。

「不用我們去找。」威廉說：「幫手，會自己送上門。」

帝都，某地下實驗室。

一群白袍與一群穿軍裝的老傢伙們，剛做下一個無比慎重的決定。決定的內容，是將一群年輕人派往王晨他們所在的城市。

這些年輕人個個身手不凡，並且履歷驚人，他們身經百戰，經過血與火的殘酷歷練。

在帝都，這些人被劃分在同一個組織中，對外，這個組織有個令人不寒而慄的名字。

——除魔組。

Chapter 14

嫉妒（十一）

「這個城市還真是髒得可以啊。」

N市車站，人來人往，剛下車的年輕人的一聲嘲諷，引起了過路人的注目。

「說話小心一點，這裡還有很多普通人。」在他身後，戴著眼鏡的同伴推了推鏡框，「要是被本地居民誤會了什麼，我可不想和你一起挨打。組裡規定，我們不能對普通人出手。」

在他們旁邊，已經有人對這一群特立獨行的人竊竊私語起來，有幾個壯漢看著他們，目光不善。見狀，最先下車的男人啐了一口。

「什麼破規定，難道還要打不還手、罵不還口嗎？」

「好了好了。」

第三個同伴在此時出現，他一手拉過一個人的肩膀，無奈道：「我們可不是來這裡惹是生非的，還記得局長的命令嗎？阿亮，收斂點你的脾氣，還有俞銘，你不要再挑撥他了。」

眼鏡男俞銘輕哼一聲，不置可否。

「都準備好了？」

「隊長！」

三人齊齊回頭，看向他們身後。一個黑衣短髮男子正提著一個背包走了過來，在三名隊員的注目下，他微微皺了皺眉。

「出門在外，不要喊我隊長，直接喊名字。」

「可是隊長……」說到一半的話被男人用眼神一瞟，只能乖乖咽下去。「是的，韓瑟，那接下來我們去哪？」

「先找個地方安頓下來，然後再做打算。」韓瑟先行一步，「沒時間給我們浪費，快點。」

「啊，是！」

「快點跟上去。」元亮推了一把發愣的俞銘，俞銘扶正被擠歪的眼鏡，無奈地跟了上去。

半路上，他很不理解地說：「我不明白，為什麼這次出差到N市要這麼低調？不聯繫當地警局就算了，還要我們自己坐長途客運趕來，連飛機和火車都不能搭。」俞銘道：「不知道的還以為我們是什麼通緝犯，究竟誰才是該被消滅的那一方，難道不是那群魔……」

韓瑟猛地回頭，冷冷地注視他：「不要在大街上提起那個名字。」

「隊……韓瑟！我們有必要這麼小心翼翼嗎？」

「有必要，N市是被『它們』侵蝕得最嚴重的一片區域，而且『它們』十分擅長偽裝。走在這裡，你永遠不會知道剛剛與你擦肩而過的普通人，會不會就是『它們』偽裝出來的。」韓瑟低聲道：「根據消息，政府和軍警部門也被對方滲入了，所以在這裡可靠的只有我們自己，懂嗎？」

俞銘的腳步不由得頓了一下，「既然情況這麼嚴重，為什麼只派我們幾個過來？這不是羊入虎口嗎？」

「因為我們這次不是來執行消滅任務，只是一次調查。」

「調查什麼？」

走到人煙稀少的巷子，韓瑟轉過身看著身後的三名隊員。他看向他們身後熙熙攘攘的馬路，喧鬧與寂靜在一牆之間，被鮮明地隔離開。

許久，其他三人才聽見他那幾乎是從喉嚨裡擠出來的聲音。

「N市可能有『君王』降臨。」

在說出這句話的瞬間，氣氛明顯地變了，在場所有人都感到肩頭一沉。沒有人比他們更清楚「君王」究竟意味著什麼。

巷外依舊陽光明媚，然而站在這裡的每個人都不再有調侃的心情。

元亮抬頭，看著巷道上方高掛的太陽。在這一刻，街上的行人、路邊明亮的商店，都在他心中被打上了一道陰影。

有「君王」降臨的城市，還真是不愧於「魔物之都」的稱號啊。

「啊啾！」

坐在沙發上的王晨突然打了個噴嚏，威廉抬頭看了他一眼。

「您感冒了嗎，殿下？」

「誰會在夏天感冒啊？」王晨嘆氣，「可能是有誰在想我吧，或是有人在說我壞話。」

「為什麼會這麼認為？」威廉皺起眉頭。

「當然是因為……」王晨看著魔物管家半晌，實在不知道該怎麼和這個道道地地的魔物解釋，人類打噴嚏的三種含意。

打一聲，有人想你了。

打兩聲，有人在議論你。

打三聲，嗯，你可能真的感冒了。

雖然這說法多少帶著玩笑意味，但是王晨敢肯定，要是認真對威廉解釋的話，這位魔物管家一定會嚴肅地否定這一論斷，同時犀利地批評人類毫無意義的聯想。

哎，為什麼突然有一種代溝好深的感覺？王晨深深吸了口氣，「算了，你當我什麼都沒說。」

「也許您是缺乏運動。」威廉道：「我聽說人類如果缺少足夠的運動，生理機能就會發生病變。殿下您在人類社會生活了這麼久，或多或少受了些影響。今天天氣不錯，您可以出門走一走。」

「要是不小心在街上遇到利維坦怎麼辦？」王晨板著臉問。

「我會陪您一起去。」

王晨側目看了威廉一眼。這句話的意思是，碰到利維坦，只要有他在身邊也不用怕？原來這位魔物管家竟然是能與君王相抗衡的存在？

王晨不禁對自己的管家另眼相看，好像很厲害的樣子嘛！

「那就出去走走吧，悶了這幾天，也快把我悶壞了。」他站起身，伸了個懶腰，「對了，上回你說的幫手，究竟指的是誰，他們什麼時候會自己送上門來？」

威廉閉上眼，似乎在感受著什麼。須臾，魔物管家抬頭，對自己的主人送上一個笑容。

「幫手已經到了，殿下。」

「這麼快？何方神聖？」

說曹操曹操到，難不成是齊天大聖？王晨難得異想天開了一次。

「他們稱呼自己為除魔組。」

「……好厲害的名字，不過你確定這些人不是和我們對著幹的？」

威廉看著他，有些恨鐵不成鋼地搖了搖頭，「有時候敵人的敵人即使不是朋友，也是可以拿來利用的棋子。殿下，您要學會物盡其用。」

王晨認真地點了點頭，「好的好的，不過你先告訴我，這個除魔組究竟是什麼？」

「不就是一個像跳蚤一樣的玩意兒嘛。」

夜色酒吧裡，Jean 不耐煩地揮了揮手，「所謂的除魔組，就像一群小跳蚤一樣，咬你一口不疼，咬多了就覺得渾身癢，偏偏還難以根治。麻煩，太麻煩了，我看到他們就頭疼。」

此時，王晨已經和威廉散步到夜色酒吧，酒吧大白天還沒有開業，他們三個魔物坐在吧檯討論著除魔組的事。

「總而言之，這是人類建立起來對付魔物的組織？」王晨意外地道：「竟然還有這種組織，魔物的存在在人類中難道不是祕密嗎？」

「對於大部分人來說，我們只是都市傳說或是電影裡的吸血鬼那種事物，但不是所有人都這麼愚蠢。況且也有些魔物捕食時漏了馬腳，久而久之，自然就被部分人類發現了。」Jean解釋道：「他們建立除魔組，專門對付我們，說起來也有些年頭了。不過沒什麼大不了，反正就是一些家畜不甘心被吞噬，做一些無謂的反抗而已。」

幾個月前還是人類的王晨，不知怎麼有種心有戚戚焉的感覺。

威廉似乎看穿了他的想法，直接道：「不要被Jean的話誤導，殿下，除魔組可不是什麼容易對付的對象。到目前為止，僅僅五年，我們已經被他們消滅了許多低級魔物，去年甚至有一位公爵折損在他們手中。而且對於人類來說，我們魔物是最好的實驗材料，凡是被活捉的魔物，無一不被他們拿去做了活體實驗。被活生生地切割成碎肉的感覺，即使是魔物也不會好受。」

所以，請收起您那無謂的同情心，殿下。威廉心道，魔物與人類不僅僅是兩個不同的種族，而是站在食物鏈對立面的敵人。

王晨沉默良久，「那麼，威廉說除魔組是我們的幫手，難道是想利用他們來對付利維坦？」

威廉點了點頭，「正有此意。」

「除魔組的人會上當嗎？」

「不管他們上不上當，我們和他們的短期目標是一致的。」威廉說：「我們要戰勝利維坦，而除魔組的敵人則是一切魔物。將魔物君王的弱點送到他們面前，即使明知是陷阱，這些人也會心甘情願地跳進去。」

「呃，那要是利維坦真的被除魔組抓住怎麼辦？」王晨又開始操心了。畢竟同是魔物，內戰歸內戰，也不能讓敵人占了這麼一個大便宜吧。

他這話一說出口，Jean 忍不住笑了。「真被抓住？小殿下，您與其擔心這個，還不如憂心利維坦接下來會怎麼對付您。魔物君王的力量對於除魔組和我們來說，都是不好對付的。」他晃了晃酒杯，杯中猩紅的液體映射出凝滯的光芒。

「這一戰，可是事關生死。」

王晨看著那如同血液一般的顏色，沉默著不再說話。他此刻深深地察覺到自己的弱小，哪怕已經有超出一般人很多的能力，哪怕擁有了與眾不同的身分，在真正的強者面前，還是只有任人揉捏的餘地。別說是利維坦，就算是人類除魔組，也不是好相與的。

是啊，這樣的他，哪有同情別人的閒工夫？

「**Jean**，告訴我。」他看著對方，眼裡流露出認真的神情，「怎樣才能變強？」

「哦？」**Jean** 饒有興味地看著他，與威廉對視了一眼。「哎呀呀，看來我們的殿下認真起來了，是不服輸嗎？」

「沒辦法，我不能總讓自己的性命掌控在別人手裡。」王晨道：「在登上王位前，不，即使是登上王位後，我都不想輕易地被人殺死。」

Jean 收起笑容看著他。「想要變強？」

王晨頷首，下一秒，他聽見眼前的魔物用一種近乎冷漠的聲音道：「如果您不只是說說而已，那麼，先從吃人開始吧，殿下。」

韓瑟靠在剛租到的房子的陽臺上，遠眺。

黃昏已近，逢魔時刻。他看著遠處馬路上密密麻麻的人流，知道在這個城市看似繁華的外表下，掩藏的罪惡和欲望，幾乎快將它淹沒。

閉上眼，彷彿能看到魔物吞噬這些沉浸在欲望中的人類，那醜陋可怖的面容。

「什麼魔物。」他彈著煙灰，輕蔑地道：「不就是吃人的怪物嗎？」

Chapter 15

嫉妒（十二）

「阿芝，阿芝！快來看，這是一封情書哦！這個學長我見過，長得很帥呢！」

「真羨慕妳，長得漂亮，喜歡妳的人也那麼多。」

「為什麼我長得這麼不好看也不聰明呢？」

「阿芝，妳說老天爺是不是很不公平，給了妳美貌和智慧，卻什麼都沒有給我。」

「是不是太不公平了……」

「阿芝。」

「妳說，把妳的這些都給我好不好？」

夢中，女孩微笑著，「都給我吧，好不好，好不好好不好！還是說妳捨不得？妳巴不得我永遠都不如妳，永遠是襯托妳的小丑，是不是，阿芝？」

不是，不是，不是！甄芝拚命搖頭，想要解釋，然而她卻發現自己說不出話來，只能看著對方笑得越來越扭曲，慢慢伸出手，向自己的心口掏來。

甄芝拚命躲閃，然而對方卻步步逼近，容不得她後退。

「阿芝，把妳的一切都給我，把妳的命也換給我吧……」

那隻手猛地掏向她的心臟！

「呀啊！」

甄芝尖叫著睜開眼，汗流浹背，有一瞬間，她記不清自己在哪裡，是夢，還是現實？幾秒後，她才反應過來。對了，她借住在王晨的朋友家。這裡不是劉倩的公寓，也不是她自己的那間套房。

甄芝摸索著打開燈，窗外還是深夜，然而她已經沒有睡意。

這是第幾次做這個夢？每一次，都是以同樣的結局驚醒。劉倩獰笑著撲向她，想要奪走她的心臟。無論夢的開始多麼美好，夢的結束都是以兩人的反目成仇為句號。

甄芝頹然地坐在床邊。翻出手機，劉倩的號碼在螢幕上閃爍著微光，儲存號碼的名稱依然是親暱的「倩倩」兩字，然而現實中兩人卻已是生死之仇，這麼突然的轉變，讓她無所適從。

正發著呆，手機鈴聲突然響起，甄芝嚇了一跳，幾乎快要把手機扔出去。然而，尚存的理智控制了她的行為，她看向手機螢幕。

那裡，「倩倩」兩個字閃爍著更為強烈的光彩。

來電，劉倩。

手機拿在手裡，像是燙手山芋一樣，甄芝一時不知道該不該接。然而十幾年來養成的習慣，還是讓她下意識地做出了選擇，她按下了綠色的接通鍵。

「……喂。」

甄芝小心翼翼地出聲，通話那端卻是一陣空白，只聽得到微弱的喘息聲。就在她狠下心準備掛斷電話時，對方出聲了。

「阿芝，阿芝……救救我，救救我啊，阿芝！嗚，救我……我還不想、不想死啊！」

倩倩——

甄芝還沒來得及說話，通話就結束了。對方掛斷了電話，手機裡傳來一片忙音，然而那一聲一聲的哀嚎，卻依舊迴盪在她耳邊。

像是瀕死之人絕望的呼號，一遍又一遍，尋求最後一根浮木。

夜色酒吧今日不對外營業，員工們也被 Jean 放假一天打發走了，因為今天，這裡要進行一場祕密特訓。王晨已經是第三次慘白著臉，從裡面那間房跑出來了。

「Jean！」他看著罪魁禍首，惱怒道：「你是故意的對吧！」

Jean 無辜地笑，「不是您要求變強的嗎？我只是教給您提升實力的最快方法，殿下。魔物都是通過吞噬人類的欲望來提升自己的能力，而您已經二十年沒有正確地進食了，這樣下去不僅無法戰鬥，恐怕……」他上下打量了王晨一眼，嘆氣道：「能不能健全發育都是問題。」

哪怕是魔物，不好好吃也是會發育不良的。

王晨想起自己總是無法變身，不由得背後一僵。不過下一秒，他就意識到自己又被 Jean 耍了。

「我可沒聽說魔物是吃人肉來發育的。」他咬著牙道：「當時威廉親口跟我說，魔物吞噬的只是人類的欲望，而不是人類的軀體。但是你將那些東西放在我面前是怎麼回事？」

王晨憤怒地指著身後的房間，「弄來被大卸八塊的屍體就算了，還要我看著人類的屍體吃炸雞套餐，甚至要我吃人肉叉燒！你敢說這不是故意為難我嗎？要吃你為什麼自己不去吃？」

Jean看著他，「您認為我實在為難您嗎？那好，我問您，在市場，您看見豬羊的屍體，您會覺得噁心反胃嗎？作為人類的時候，您食用其他動物的屍體，您覺得是件困難的事嗎？都不是吧。那為什麼把這些屍體換成人類，您卻有這麼大反應，甚至會覺得憤怒？」

王晨沒有說話。

「不回答是嗎？其實您也明白。」Jean笑道：「之所以會有這麼大的排斥，是因為至今為止，您依然把人類當作同胞。任何生物都不會啃噬同胞的屍體，這是自然的規律，也是您為什麼一直無法變得強大的原因所在。歸根結柢，您依然認為自己是人類，而不是魔物。」

王晨無法反駁，在他心底依舊有那麼一絲懷疑。自己究竟是魔物還是人類，又該站在哪一方？

「殿下。」Jean看向低頭沉默的王晨，又有些心軟了，「我知道您作為人類生活了二十年，一時之間無法調整過來。我之所以這麼做也只是想盡快讓您明白，您現在已經是魔物，而不是人類。」他頓了頓，又道：「別忘記，在人類看來我們只是一群怪物，您已經無法成為人類的同伴了。」

「……我明白。」王晨慢慢出聲，「給我一些時間，我會調整過來的。」

「希望您說話算數。」

Jean看了他一眼，「上午的訓練就到此結束吧，下午開始，我會交給您真正的進食方法。不過首先，我們得去找一個被欲望……誰在那裡！」

話還沒說完，Jean話音一變，目光凌厲地掃向牆角。

「出來！」

Jean心底有些惱怒，自己什麼時候竟然這麼大意，連被人接近了都沒察覺？

在他的威壓下，有人慢慢從牆角移出，低著頭站在兩個魔物前。

「抱、抱歉，我不是故意打擾你們，我只是……只是有些話想說。」

竟然是甄芝？她剛才究竟聽到了多少，是否已經發現了他們的祕密？Jean 的神情變得冷漠，看向甄芝的目光也帶出一絲殺氣。

「等等，我們還是先問問她出來的理由。」

王晨及時出聲，阻止了 Jean 的下一步動作。他看向甄芝，輕聲問：「不是讓妳在房間待著，為什麼擅自出來，妳不知道這樣很危險嗎？」

甄芝瑟縮了一下，不敢直視他的目光。她現在已經明白，這兩個人一定都不是普通人，和那個想要奪走她性命的怪物一樣，他們都有著人類不可能擁有的能力，而且同樣危險。但現實讓她只能依靠他們，別無選擇。

「我……做了一個夢。」她猶豫了好久，還是緩緩道來，「我夢見倩倩，夢見我們小時候一起生活的情景。」

「所以呢？」Jean 冷哼，「妳又心軟了，覺得她不是真的想殺妳？還是說妳願意把自己的命送給她，白白去死？」

他冷漠的語氣讓甄芝顫了一下，但還是堅持說下去。

「醒來之後，我接到一通電話，是倩倩打來的，她在電話裡要我去救她。」甄芝咽了下口水，顯得很緊張，「真的是她打來的電話，我確定是她本人，不可能是別人。我……然後我看了下手機……」

這次沒有人打斷她，等待她繼續說下去。果然，接下來甄芝說出來的，才是一個爆炸性消息。

「因為倩倩以前生病，我擔心她會走丟，所以在她的手機裡裝了定位軟體，只要她打電話過來，我就能定位她現在的位置。」說到這裡，甄芝抬頭看向王晨，眼裡帶著一絲哀求。「我現在知道倩倩在哪了，你們能不能、能不能……」

她的話沒有說完，但是 Jean 和王晨都明白她的意思。甄芝問的是，能不能帶她去見劉倩一面？即使到了現在，她對那個女人依舊心軟。

不過，這已經不是他們關注的重點了。

劉倩被利維坦那方帶走了無疑，她現在的位置肯定就是利維坦的所在地。

「真是意外。」Jean冷笑一聲，「竟然藉由這種方式知道了敵人的大本營，讓我覺得容易到好像在做夢一樣。」

這有可能是個陷阱。

「難道對方是故意讓劉倩打電話來，把我們引誘過去？」王晨顯然也是這麼想的。

「就算是陷阱，也未免設得太光明正大了吧。」Jean說：「還是說利維坦認為以我們小殿下的智商，連這種弱智的陷阱都會上當？」

王晨瞥了他一眼，「有時間拿我開玩笑，不如好好想想是怎麼回事。」

「是啊是啊，究竟是怎麼回事呢？這種看似簡單的計謀，說不定還有什麼計中計，哎呀，真是太讓人頭疼了。」Jean故作困擾地扶額。

「既然這樣，不如將計就計。」

就在此時，另一道聲音插了進來。

「威廉！」王晨抬頭看了來人，「你回來了，調查已經結束了？」

魔物管家顯然剛從外面歸來，一身風塵僕僕，不知道鑽到哪個角落去了。但是，他的回歸卻讓王晨吃了一顆定心丸。

「我初步調查到除魔組的消息，而利維坦也在這時送上誘餌。殿下，您不覺得這是一個將計就計的好機會嗎？」

威廉果然足智多謀，一來就解決了讓王晨困擾的問題。

「你的意思是，即使明知這是陷阱，我們也要送上門，然後將除魔組引過去坐山觀虎鬥？」王晨問：「可是，真的這麼簡單就能解決利維坦嗎？」

「有時候，簡單的計畫才能發揮最大的力量。而且要讓計畫生效，過程也不是那麼容易。」威廉說著，看向王晨。

「殿下，這一次，可能要讓您來當誘餌了。」

「引誘利維坦出現？」

「不。」威廉沉聲道：「不僅僅是利維坦。」

真正需要引誘的，是除魔組。

Chapter 16

嫉妒（十三）

「話說，我們每天在這裡閒逛，真的有意義嗎？」元亮打著哈欠，同時對馬路對面的美女拋媚眼。

「不要隨便散發你的費洛蒙。」和他同組的俞銘鄙夷道：「要是你不小心勾引到魔物，我可不幫你擦屁股。」

「我還不至於這麼笨吧。」

俞銘上下掃了他一眼，「以前我認為，一個人再愚蠢也不會蠢到哪裡去，直到認識了你後我才知道，智商根本是沒有下限的。」

元亮忍了又忍，還是忍不住，朝著對講機吼：「為什麼要讓我和這個冷漠的傢伙分在一組！隊長，我要換組，我要求和李晟一組！」

「駁回。」韓瑟毫無感情的聲音冷冷傳來，「繼續巡邏，再發現你開小差就扣掉這個月的福利。」

「不要啊，隊長，窈窕淑女君子好逑，我這只是作為一個正常男性的衝動而已啊。」

「兩個月。」

元亮訕訕地不敢反駁了。俞銘在另一邊幸災樂禍地掀起嘴角。元亮狠狠瞪了他一眼，卻也不敢再分神。

現在是除魔組小分隊來到N市的第三天，從第二天開始，韓瑟便給三個組員安排了任務——壓馬路。

對於這個意義不明的任務，元亮已經抗議了好幾次。按照他的說法，像他們這樣的精英戰力，不應該浪費在這種窮極無聊的事情上。就算是要收集情報，難道沒有更好的方法了嗎？

俞銘看著他，終於忍不住諷刺一句。「你以為隊長只是讓我們每天出來逛街，讓你出來泡妞嗎？」

元亮疑惑地道：「難道不是？」

俞銘看著他那天真的神色，好不容易才將心頭一口老血咽下去。「當然不是，白痴，我們這是在做誘餌，誘餌你懂嗎？」

俞銘誠實地搖搖頭，「不懂，你解釋解釋吧。」

「……如你所見，這座城市是魔物的勢力範圍，已經被它們從各方面滲透。」

「嗯嗯。」

「而我們來到這裡的消息，即使隱藏得再好，也會被魔物發現。但是為什麼直到現在都沒有魔物來襲擊我們，你都沒想過這個問題嗎？」

「這個……」元亮撓了撓腦袋，「它們還沒找到我們的住處，還沒做好準備，還是被我們嚇傻了？」

俞銘決定不和這個白痴繞圈子，直接說：「以上幾種可能性幾乎為零。隊長分析後認為最大的可能是對方正自顧不暇，也就是說魔物們正在內鬨，沒有精力管我們。」

「所以，這和我們壓馬路有什麼關係？」

「這就是理由。」俞銘道：「無論究竟是什麼原因讓魔物無暇對付我們，現在就是對付它們的最好時機。我們最好趁機調查出此地魔物的情報，還有關於『君王』的消息，所以，反而需要有魔物接近我們。你覺得，有什麼是比兩個除魔人更好的誘餌嗎？」

「原來我們是誘餌！你不早說。」元亮終於理解，可是再度皺眉，「但是萬一引誘過來的魔物不懷好意，是故意接近我們的怎麼辦？那不是很危險嗎？」

俞銘笑了笑，眼中帶過一道寒意。

「我還怕它們不這麼做。」

「什麼意思？」

然而這次無論元亮再怎麼糾纏，俞銘都不回答了。這兩個除魔組成員繼續在大街上逛著，明晃晃地想要暴露出自己的身分，將魔物勾引過來。

可惜，這兩個姜太公一直等到了傍晚，也沒有等到願意上鉤的魚兒。就在他們以為這又是沒有收穫的一天，準備收工時，意外發生了。

俞銘突然停下了腳步，身後的元亮一下子撞到他身上。

「你幹嘛啊，怎麼不走了，發什麼呆？」

「噓。」

俞銘一把捂住他的嘴，同時示意。

「看那個人。」

元亮順著他指的方向看過去，頓時眼前一亮，「乖乖，這麼大的怨氣。」

大街對面出現了一個風衣人，對方將自己整張臉遮住了，沒有露出任何容貌，然而即使這樣，他們還是發現了異樣之處。

除魔組成員的眼睛做過特殊矯正，這種矯正能讓他們看見一些普通人肉眼看不見的東西。用魔物的話來形容，那就是人類的負面情緒。

人類在產生強烈情緒時，會發出微弱的電荷，某些動物能敏銳地感覺到，人類自己卻無法感知。然而魔物不僅能感知這些情緒，甚至能分辨出情緒是正面還是負面，他們通過這種方法來進食。

除魔組在解剖了幾個魔物後，破解了他們的部分基因密碼，研究出一種能夠讓人類也看見這些情緒的人造眼膜——魔眼。

每個除魔組成員都佩戴著這種魔眼，製造一副魔眼，需要以一個活著魔物的眼膜為原料。而這種以魔物活體為原料製造的特殊裝備，在除魔組內部還有很多。

元亮與俞銘早已植入魔眼，他們能像魔物一樣，看見人類散發出來的各種負面情緒。

現在出現在他們眼前這個身纏怨念的傢伙，顯然不會是普通人。

元亮與俞銘對視一眼。

魔物上鉤了？這會是對方刻意派出來的誘餌嗎？

「隊長。」俞銘通過特製的對講機聯繫上韓瑟，「發現可疑目標，是否跟蹤？」

「……跟上，注意安全。」

「是。」

隨後，俞銘與元亮悄悄尾隨那個疑似魔物的傢伙，同時不斷將收集到的情報傳回給韓瑟。另一邊，韓瑟和李晟根據他們的情報，做出了初步判斷。

「根據分析，目標身上纏繞的情緒屬於『嫉妒』，並且十分濃郁。」韓瑟道：「綜合情報判斷，這次潛伏在N市的君王很可能是嫉妒之利維坦。這個目標應該是對方故意暴露，用來引誘我們的。」

「來頭不小啊，還要繼續跟蹤嗎？」

「保持距離，不要太接近，你們只要確定對方的大體目的地，之後交給我……」韓瑟話還沒說完，就聽見對面一陣碰撞，隨即是嘈雜混亂的雜音。

他握緊拳頭，提高聲音。

「俞銘，元亮！發生什麼事了？快回答！」

然而耳機裡只傳來一片雜音，韓瑟的眉頭緊蹙起，就在他準備行動時，終於傳來俞銘壓低聲音的回話。

「抱歉，隊長，剛才出了些意外，我們『擱淺』了。」

擱淺，除魔組內部用語，指的是在追蹤魔物的過程中，因為受到來自人類的干擾而被迫中止。因為魔物十分擅長偽裝，又長於蠱惑人心，這種情況時有發生。

韓瑟鬆了一口氣，又問：「怎麼回事？」

在對講機的另一面，俞銘與元亮也正頭疼地看著妨礙他們跟蹤的罪魁禍首——一個看起來十分無辜的年輕人。

「抱歉，抱歉。」冒失的年輕人點頭哈腰，不斷地致歉。「我不是故意的，要不然我賠償你們損失吧，對不起，對不起！」

俞銘脫下外套，看著上面滿滿的汙漬，又看著一旁翻倒的垃圾桶，終於明白了什麼叫做天災人禍。

「你，哎，我說你走路都不長眼睛嗎？」元亮看著身上的髒物，又想著跟丟了人，不由得惱火起來，「兩個大活人站在你面前，你都能把垃圾桶撞過來，你究竟是怎麼走路的？」

「對不起對不起，我不是故意的……我可以賠償……」

眼前的年輕人一個勁地道歉，顯然是剛出來工作不久，遇到突發事件整個人都慌了，除了道歉外什麼都不會說。

俞銘心下不耐，脫下外套扔到一邊。

「算了，沒時間在這裡耽擱。」他對元亮道：「先跟上人再說。」

元亮嘖了一聲，準備繼續追人。

「請問……你們是在找什麼人嗎？也、也許我可以幫上忙。」

就在他們準備離開之時，冒失的年輕人反而開口了。俞銘停頓了一會，看著他身上穿著的商場工作服，問：「你對這裡很熟？」

年輕人道：「這棟樓的垃圾都由我們公司的人處理，我很熟悉的，你們要是在找人，也許我可以幫上忙。」他此時表情誠懇，顯然想要彌補自己剛才犯下的錯誤。

俞銘與元亮對視一眼，同時用魔眼仔細打量對方，確定這個人身上沒有任何魔物氣息後，稍稍放下心來。要想在陌生的商場裡找一個跟丟的人，詢問本地的工作人員的確比較妥當。

俞銘開口道：「我們在執行公務。」他掏出警證，「剛才有一個犯罪嫌疑人闖入這棟大樓，但是我們跟丟了，你知道這棟樓一共有幾個出口嗎？」

「警、警察！我能幫上什麼忙？你們是在抓通緝犯嗎？」負責倒垃圾的年輕人眼睛發亮地看著他們，顯然將自己代入了某部警匪片的重要角色。

「你只要告訴我們，這間商場一共有幾個出入口就可以。」

「這我知道！這層一共有三個對外出口，兩個通向停車場，一個通往天臺。不過天臺那邊很久不開放了，通常沒什麼人去。」

「天臺？」俞銘抓住了對方話裡的敏感部分，「這裡的天臺不對外開放？」

「是啊，天臺一直都是封閉的，平時沒事，連我們也不會輕易到頂樓去。」

一個疑似魔物的嫌疑分子不可能無緣無故跑進商場，那麼這個對外封閉的天臺就是非常可疑的地點。

「怎麼去天臺？」俞銘問。

「這個……」這一次，年輕人倒是猶豫起來，「雖然有路上去，但是通常沒什麼人去，頂層十八樓通向天臺的門也是鎖著的，而且去十八樓需要員工證才能搭電梯，一般人根本上不去啊。」

「這個你不用管，你只要把我們帶過去就行。」看見年輕人還在猶豫，俞銘又加了一句，「如果抓到嫌疑人，也算是你的功勞，到時候頒給你一個見義勇為獎也不是不可能。」

「那、那好吧。」年輕人終於被說動了，「只是你們要小心點，要是被人發現我把外面的人帶到十八樓，我一定會被老闆炒魷魚。」

軟磨硬泡下，他們終於打通了關係，讓工作人員帶領兩人去十八樓。同時，俞銘發送了最新資訊給韓瑟。

「放心吧。」

不一會，韓瑟回信：「我們調取了商場地下停車場的監視畫面，沒有發現可疑人士出入。」

俞銘更加確信風衣人一定去了天臺，而韓瑟顯然也這麼懷疑，他要求俞銘、元亮先在十八樓附近等待，等人員到齊了，再考慮潛入天臺的事。

「就是這裡了。」

站在一道鐵門前，引路的年輕人指著鐵門說：「我只能帶你們到這，因為上去的路是鎖住的，過不去了。」

俞銘點了點頭，正想說些什麼，突然樓梯間的燈光全部暗了下來，黑暗中，一道尖銳的叫聲緊接著傳來。

那聲音近在咫尺，彷彿有人在他們耳邊尖叫！

所有人都被嚇了一跳，引路的年輕人更是嚇得一個趔趄。俞銘扶住他正要開口，突然被人拉了一下，等他站直時，那年輕人已經不見人影。

「人呢？」

「還能去哪，跑了唄。」一旁，元亮不屑地咂了下嘴，「膽子這麼小，還是不是男人？」

俞銘白他一眼，「他只是普通人。」

「是是，人家是良民，那我們是什麼？」元亮說著，劃亮了一支冷光棒。順著閃爍的光芒，他看向鐵門，低聲道：「而被我們追逐的這個，又是什麼玩意？」

俞銘和他一起看向鐵門，只見在特殊光線的照射下，剛才肉眼看不見的痕跡逐漸顯露出來。鐵門上，浮現出一個巨大的爪印。

那絕不是人類能製造出的痕跡。

Chapter 17

嫉妒（十四）

「這個是什麼？」

俞銘看著那個爪痕，皺眉。

爪印足足有人類手掌十倍大，出現在鐵門的門把位置。如果換作人類的話，這就是某人推門時不小心留下的痕跡而已，但人類絕不可能有這麼可怕的手印。

元亮湊上前去，仔細撫摸著爪印周圍。

「只是留下痕跡，但沒有破壞鐵門，連一點損傷都沒有。」他回過頭，不可思議道：「你能想像嗎？一個擁有這麼巨大手掌的怪物，竟然小心翼翼地推開了這扇門，它能這麼精準地控制自己的力道？」

俞銘道：「我早跟你說過，魔物是一種高智商生物，哪怕它們邪惡而醜陋，但大多數時候它們比我們還理智。一個魔物能夠控制自己的力量不去破壞一扇門，並不值得大驚小怪。」

元亮點了點頭，「這麼說，裡面真的是魔物的大本營？隊長什麼時候趕過來，要不我們先進去探一探情況？」

「隊長說不可以輕舉妄動。」

「哎呀，怕什麼，反正他又不在，大不了偷偷地跑進去逛一圈再出來。」

「哦，那你想要怎麼偷偷地潛入？而且聽起來，你好像經常做這種事。」

「那還用問，當然是……呃！」元亮說到一半，突然發現剛才說話的人聲音好像有點不對勁。他僵硬地轉過頭，不出意料地看見韓瑟正站在身後。

「當然是什麼？」韓瑟瞇著眼看他。

元亮苦笑，「當、當然是謹遵隊長您的教誨，在原地等候，一步都不能動！」

「元亮。」

「是！」

「這個季度你的福利，全部取消。」

「是……」開小差被抓個正著，元亮除了欲哭無淚外，也無法反駁。

除了韓瑟，李晟也趕到了商場，他點亮冷火照明，環顧了周圍一圈，「剛才帶你們上來的那個人呢？」

「他嚇跑了。」俞銘道：「正好不用連累普通人。隊長，現在進去嗎？」

韓瑟沒有廢話，點了點頭，「進。」

除魔組一行四人推開鐵門，魚貫而入。

他們離開後，走道又陷入一片黑暗。須臾，樓梯間的燈突然閃了兩下，不出幾秒，這裡便再次恢復光明。然而本該空無一人的走道，卻多出了一個黑色身影。

那人穿著商場的工作制服，靜靜看向除魔組離開的方向。

「好了，該我們進去了。」一道聲音出現在他身後。

他轉身，看向對方。

「威廉呢？」

說話的正是王晨，剛才假扮工作人員與除魔組偶遇的也是他。雖然身為魔物，但是他從未進食，即便是除魔組的魔眼也難以將他與普通人類區分開，正是利用了這一點，王晨才能將除魔組引誘過來。

「威廉有事不能過來，由我來陪伴不行嗎，小殿下？」Jean 戲謔道：「再不進去，我可不擔保那個人類女人會變成什麼樣。」

之前扮作風衣人引誘除魔組的，即是身上沾染了魔氣的甄芝，而這個天臺，也是劉倩電話裡透露出來的地點。威廉說要將計就計，所以王晨他們在趕赴戰場前，先將除魔組引誘過來。

直到布置好一切，他才踏上這個最終的決戰地。

「想必利維坦也沒有料想到，我們會將除魔組引到此地。然而，正是有了這個對方不知道的變數，我們才有戰勝的機會。」Jean 褪下不正經的表情，認真道：「您準備好了嗎，殿下？」

「出發吧。」

王晨握緊了拳，抬腳邁向那扇鐵門。在踏過門的那一刻，他明顯地察覺到某種無形的氣場張開。

這一次，只能贏，不能輸。

跨過門的瞬間，王晨以為自己來到了異世界。

本應該出現在面前的天臺並不存在，取而代之的，卻是一個如同夢一般的場景。他在一個白色的世界裡，頭不著天，腳不著地，懸浮在半空。

這是哪？Jean 呢？

王晨試著向身後看去，卻只看到一片白茫茫的霧氣，情況顯然不太對勁。這是亞空間，還是利維坦製造出來的幻境？他試著向前走一步，耳邊突然聽到了細碎的聲音。

「像他那樣的……」

「……目中無人的傢伙。」

一開始只是竊竊私語，隨著王晨向前走得越遠，聲音逐漸清晰起來。

「像他那種不懂得看人臉色的傢伙，實在惹人討厭啊。」

王晨認出了這個聲音，是他大學時期的某個同學，接著，他面前出現了一個人。那人似乎看不到他，而是不停對虛空中的某處念叨著。

「我真是受夠他了！一點都不懂得體恤別人，總是活在自己的世界裡，他知道我們平時有多忍著他嗎?」

說話的人，是王晨的大學室友。

「不僅不參加集體活動，還一副目中無人的樣子，從來沒見他對誰笑過，那傢伙簡直不是人吧。」

這一點你倒是猜對了，我的確不是人，王晨默默吐槽。

他的室友還在抱怨，「平時我們過生日他不來就算了，連畢業典禮都不參加，真是不把我們放在眼裡啊。」

畢業典禮?王晨一愣，自己那時好像有必修課要補考，為了要順利畢業正忙得一團亂，哪有什麼時間參加畢業典禮?沒想到，這個如今也遭人口舌。

「不過，也不怪他不理我們。聽說他家裡有好幾套房子，畢業後可以直接回家啃老，這種好命的傢伙，想必體會不了我們的心情。」

「真是羡慕啊，怎麼我就沒那麼好命呢?」

「啊啊啊，好恨啊，這種傢伙，這種傢伙……」

一直低頭說話的室友臉色突然變得猙獰，猛地抬頭看向王晨。

「像你這種傢伙，要是不存在就好了！」

室友嚎叫著向王晨撲來，他閃身躲過，對方卻不依不饒地繼續攻擊。然而，當王晨想要反制時，卻發現自己根本無法觸碰到對方。

這是幻覺？他皺眉，隨即發現自己被對方擦到的衣角竟被腐蝕了一大片。

這個攻擊是真實的！然而只有對方可以攻擊，他卻不可以反擊。

果然是利維坦設下的陷阱。如果不可以物理反擊，究竟怎麼樣才能破解這個幻覺？

王晨想到剛才室友說的那些話，心裡有了想法，在對方再次撲過來時，他突然開口道：「其實我家裡欠了幾百萬的債務。」

室友愣了一下，沒有攻擊。

有效？王晨再接再厲道：「前幾個月我還在就業博覽會找工作，但是一直沒有找到，這個月好不容易找到一份兼職，現在卻又面臨失業。」

王晨說：「最慘的是我現在處境艱險，如果這次競爭上位失敗，隨時都會有生命危險。」這可是實話，爭奪不到王位，只能成王敗寇，被對方處置了。

說到這裡，王晨看著室友，一字一句道：「所以，我真的過得不好。」

室友的幻象頓住了，停了幾秒，看向王晨，「你說的是真的？」

「句句屬實。」

王晨拍著胸口回答，除了隱瞞了一部分祕密外，這些話裡沒有半句謊言。

「是嗎，原來是這樣。」室友露出一個笑容，「原來你過得也不好，比我還苦。既然這樣，知道你過得不好，我也就放心了。」

幻象逐漸消失不見，這個不知名的空間又回復成一片雪白。

王晨鬆了口氣，沒想到這種方法竟然真的起作用了。他只是想，既然利維坦利用嫉妒讓這些幻象攻擊自己，如果除去對方的嫉妒情緒，是不是就不會再攻擊了呢？試驗了一下，結果告訴他這個猜想是正確的。

想必連利維坦也沒料想到，竟然有人會以這種方法破除幻象。

過了一關，王晨抬腳，又向前走去。不知道是不是因為已經消滅了一個幻象的緣故，這次走了好久，他都沒有再遇到第二個幻象。

就在這時，前面傳來一陣急促的跑步聲。

循著腳步聲看見來人，王晨心裡微愕，怎麼會是他？

自從和隊友失散後，元亮就一直很倒楣，先是被憑空出現的幻象抓傷了手臂，好不容易想辨法擊退對方後，幻象竟接二連三地出現。

他受了傷，無法連續對戰，只能想辨法逃跑，誰知道這個幻境如此無賴，在他逃跑的路上竟又刷出另一個幻象來堵路。

「不是吧！」

元亮看著前面那個人影，慘叫道：「帥哥，我與你無冤無仇，怎麼你也來找我麻煩！我沒啥讓你嫉妒的事吧！」

正在戒備的王晨，聽到他這句話先是一愣，在看清對方的處境後，覺得哭笑不得。

這個除魔人竟被一個幻象逼到草木皆兵的地步，不過也因此，他確定了對方是真人，不是幻象。

不過，這個除魔人在受傷的情況下竟然還能與幻象對峙這麼久，一定掌握著什麼特殊能力。王晨略一思考，決定出手相救。

「你認識他嗎？」

「什麼？」元亮沒想到這個幻象會問這種問題。

「你認識這個幻化出來的人嗎？」

「認、認識，是我小學時候住隔壁的三胖。」

元亮下意識回答。

三胖已經是他遇到的第三批幻象了，連這麼遙遠時期的鄰居都能幻化出來，這個幻境還真是無所不能。

「告訴它你現在的處境。」王晨道。

「什、什麼？」

「告訴它，你小學畢業後學業不順，事業不振，如今還要天天拋頭露面地做著與死神賽跑的工作。沒有女友，被同事欺負，還總是被上司剋扣獎金。對這個如此勢利的社會，你作為一個受盡歧視的失敗者，已經徹底絕望……」

王晨盡量挑悽慘的說，還沒說完，就見元亮雙眼泛紅地回頭，惱怒瞪著自己。

「你你你你、你怎麼知道得這麼清楚！」

王晨一笑，問元亮，「我說對了？」

對，簡直是太對了好不好！剛剛被隊長剋扣了一個季度福利的元亮，想到自己不僅沒有了福利待遇，如今還迷失在這個該死的幻境，真是悲從中來。對於王晨的問話，幾乎是連連點頭。

可沒想到他轉身一看，原來追著他砍的那個小學鄰居，聽到這番話後竟然停了下來。

「原來你過得這麼失敗，追你這種失敗者，一點成就感都沒有啊。」

下一秒，幻象就在他面前漸漸消失。

元亮看著消失的幻象，雖然逃過一劫，但這種恥辱感是怎麼回事？

「你……你怎麼會在這？」他轉身看向幫助自己脫逃的人，那個收垃圾的工作人員。「你不是跑了嗎？」

「我是打算逃跑沒錯。」王晨發揮影帝一般的演技，不好意思地笑了笑，「不過當時太黑了，沒跑對方向，一不留神就跑到這裡了。」

竟然有比自己還倒楣的傢伙！元亮聽到他的解釋，真是又同情又欣慰，他再問王晨。

「你是怎麼想到這種解決方法的？」

「就是碰運氣而已。」

運氣真好，元亮羨慕地看了他一眼，「好了，既然都遇到了，就和我一起走。也不知道接下來還會跑出什麼怪物，跟著我不要亂跑，我來保護你知道嗎？」

「可是你受傷了。」

「小意思，像我們除……咳咳，做警察的總是習慣這種危險情況，放心，我能應付。」

王晨哦了一聲，心想這個除魔人果然還有底牌。在遇到其他人前，先和他組隊前進也不錯。

他們兩人聯手，在幻境裡又前進了許久，卻一直沒有看見第三個人。周圍白霧變得越來越濃，王晨有預感，他們已經接近了幻境的中心，而這中心地帶，說不定藏著利維坦的王牌。

「你聽見什麼聲音沒？」元亮突然停下腳步。

「聲音？」王晨疑惑地搖搖頭，「沒有啊。」

「好像是女人在哭的聲音，就在那個方向，你仔細聽。」

王晨連忙裝作認真傾聽的模樣。

其實，他早就聽見了哭聲，不僅如此，還認出了聲音的主人。

這是甄芝的聲音。

只是他不能直接告訴元亮，只能讓對方自己發現。

「好像是從那邊傳出來的。」王晨說：「我們去看看。」

「慢著。」元亮拉住他，「前面很可能會有危險，你在這裡待著，我去看看。」

「可是……」

「沒什麼可是。」元亮打斷他，「這本來就是我們的任務，不能將你一個普通人牽扯進來。」

和王晨一樣，元亮也猜測他們走到了幻境的中心，他認為中心地帶一定有魔物設下的陷阱，不能連累普通人。想了想，他掏出一個東西放到王晨手裡。

「這是特製的信號彈。」他說：「如果你遇到危險，就打開這個拉環，我的同伴會趕過來救你。」

這種特製的信號彈是除魔組的特殊裝備，與其說是信號彈，不如說是小型的傳送陣，是用特殊魔物的羽翼製成，一千片羽翼才能製作一個，十分珍貴。元亮之前一直沒捨得使用，此時卻將僅有的一個交給了王晨。

「我去裡面探路，如果二十分鐘後沒回來，你就點亮信號彈，然後跟著我的同伴們離開，明白嗎？」

見王晨似乎還想要說些什麼，元亮道：「保護守法公民是我的職責，你不要多想。」

「守法公民」王晨看了他許久，默默點頭。他站在原地目送元亮走進幻境中心，直到他的身影被濃霧吞噬，再也看不見。

「保護嗎？」

魔王候選人看著自己手中的信號彈，嘲諷地一笑。下一秒，他跟著走進幻境中心。

Chapter 18

嫉妒（十五）

「好痛啊，好痛啊，好痛！」

「救救我啊，阿芝，救救我……」

在血一般的濃濃紅霧中，甄芝緊捂著嘴讓自己不要發出聲音，而在她身前，如同血人的劉倩在地上掙扎著打滾，不斷哀嚎。

她的指甲在地面上抓撓，早已折斷，斷裂處可見隱隱白骨，然而劉倩彷彿感受不到，繼續用手指抓著地面，慢慢向甄芝爬去。

「救我啊，救救我。」

甄芝幾欲崩潰，她不知道自己困在這裡多久了，時間已經沒有了意義，她沒想到的是，再次見到劉倩，竟然是以這種方式。

按照王晨的計畫，甄芝作為誘餌進入這幢大樓，原本是打算等王晨他們一起進入天臺，可是她剛剛走上十八樓，就被一個無形的力量抓住，扔到這個恐怖的地方。

這裡沒有黑夜和白天，只有永不退散的霧靄。在濃濃的霧靄中，甄芝聽到無數來自不同人的哀嚎，而在這些血霧中，似乎也隱藏著許多猙獰可怖的臉龐。它們時不時從迷霧中浮出，嚎叫著瞪向甄芝，眼中透出對活人的憎恨。

就在這些迷霧中，甄芝遇見了劉倩。

此時的劉倩，早不見之前的光鮮亮麗。受到反噬的她，頭髮大把大把地掉，皮膚和肌肉潰爛，像是一個活生生的殭屍。

然而更奇怪的是她的態度，時而流著淚請求原諒，時而憤怒地揮舞手臂咒罵甄芝！

甄芝不敢接近，卻也不能遠離，只能在不遠處看著劉倩受盡折磨。看著從小一起長大的姐妹如此痛苦，原本心中的怨恨一點點被磨平，甄芝不知不覺又開始同情飽受痛苦的劉倩。

「我真的好痛啊！」劉倩抱著自己雙臂，被痛苦折磨到哭泣，「阿芝，我很痛啊，怎麼辦，很痛啊。」她的手捧在自己臉上，留下道道血印。

劉倩雙目呆滯，喃喃道：「我現在是不是很醜，是不是很難看？妳嫌棄我，所以才不理我對不對？你們都嫌棄我，不願意接近我，欺負我……就因為我長得醜。」

看著她這副模樣，甄芝想起了兩人年幼的時候，那時被其他孩子欺負的劉倩，也總是這樣躲在自己懷裡默默哭泣。

「不是的，倩倩，妳不醜……」甄芝哽咽著，「我沒有嫌棄妳。」

劉倩扭頭看向她，「真的？那妳為什麼不過來，為什麼不敢看我，不像以前那樣安慰我？我要死了，阿芝，我要死了。」

看著劉倩露出如此絕望的神情，甄芝忍不住向前一步，「我……」

她只顧著哀傷，卻沒注意到劉倩已停止了哭泣，露出詭異的笑容。

「離她遠點！」

千鈞一髮之際，一個人猛地將甄芝推開，自己卻生生受了一掌。

元亮吐出一口血，踉蹌地站直身子，勉強將甄芝擋在身後。

「啊！」甄芝驚叫一聲，看著突然出現的陌生男人，再看向露出真面目的劉倩。

此時的劉倩，哪還有半點衰弱的樣子？她犬齒突起，揮舞著鋒利的指甲，從喉嚨裡發出嗚嗚聲，戒備地看向元亮。

甄芝陷入一陣混亂，看著怪物一般的劉倩。

「這是怎麼回事？倩倩她怎麼會變成這樣？」

元亮只掃了一眼，就判斷出劉倩的情況。與魔物做交易的人類，一旦交易失敗就會蛻變為毫無理智的怪物，這種情況，他不是第一次見到。

元亮快速地從懷裡掏出槍，槍口對準劉倩，毫不猶豫地扣下扳機。這是對付魔物的特殊子彈，對待這種怪物化的人類也同樣管用。

「不要！」

看見他開槍，甄芝發出一聲驚呼。然而，子彈在她出聲前就洞穿了劉倩。

被擊中的劉倩渾身戰慄，發出憤怒的怒吼，似乎十分痛苦，然而下一秒，她再次揮動著巨爪，一把將元亮打飛。

「噗！」元亮吐出一大口鮮血。「混蛋，竟然不管用！她還有一部分屬於人類嗎？」

這種子彈對人類是毫無效果的，只要劉倩還有一部分身軀是人類，子彈就無法將抹殺她。

「真是麻煩，這些該死的魔物。」

元亮啐出一口瘀血，準備再次裝彈，劉倩卻先他一步，將他的槍遠遠掃開。她張開血盆大口，發出憤怒的嚎叫，不斷揮動巨爪，在元亮身上留下一道道血痕。

流血過多，元亮意識漸漸模糊。

失策了，沒想到當了這麼多年的除魔人，今天竟然栽在這裡。他苦笑著想，不知道隊長他們看到後會不會嘲笑自己？可是我……已經盡力……

「元亮！」

「先擊退那個怪物。」

「用對魔二型子彈，一型彈不管用。」

就在幾乎失去意識時，元亮聽到幾聲熟悉的呼喊，隨即便是一聲怒吼與陣陣槍聲。

等他再次睜開眼時，看見李晟正在替自己包紮傷口，不遠處，韓瑟和俞銘正在和劉倩戰鬥。

「你們……怎麼來了？」

「這話我還要問你！」李晟氣道：「你怎麼把自己搞成這樣？要不是最後時刻打開

傳送陣，我們就來不及救你了！」

傳送陣？元亮混沌的腦袋想著，那個東西自己不是送給收垃圾的工作人員了嗎，怎麼又……

還沒等他想明白，那邊的戰況又發生了突變。

「該死的，這傢伙是新品種！子彈對她都不管用！」

俞銘怒罵一聲，扔出一疊廢彈，「而且我們被人當槍使了！」

都到這種地步，除魔組的人再不明白他們中了計，就是白活了。

韓瑟瞥了一眼旁邊簌簌發抖的甄芝，「其他的事等回去再說。」

劉倩此時幾乎全沒了人形，尖銳的牙齒從她的嘴裡向外伸出，雙臂變得兩倍粗，皮膚上布滿了鱗甲。如果王晨在這裡一定會認出這個造型，和變化後的利維坦有著七分相似。

「既然子彈無法擊穿她，就先將她困住，然後……」

韓瑟這邊正商量著對策，劉倩突然再次向甄芝襲去，看來她也知道形勢對自己不利，想先下手為強。

「怪物！」俞銘咒罵一聲，「痴心妄想！」

只見他裝填了一枚銀白色的子彈，對著劉倩遠遠開了一槍，子彈擊出後化作一道光網，將她死死困住。而原本不受任何子彈影響的劉倩，在光網的束縛下竟發出痛苦的哀嚎，在地上抽搐打滾。

「便宜妳了，我可只有這一枚。」俞銘心疼不已。這枚光彈是用上次捕獲的魔物公爵的鮮血製作，對於任何等級低於公爵的魔物都有效，何況區區一個人類變成的怪物。

俞銘看著痛苦的劉倩，嘲笑道：「真該感謝魔物的等級制度，下級魔物不得反抗上級，這種規則在這時格外好用啊。」

「行了，將她制伏後就帶回去，我們沒有時間滯留。」韓瑟吩咐完，還沒等其他人行動，幻境內的空間又發生了變化。

血色迷霧變得更加濃厚，與此同時，一個聲音從迷霧深處傳來。

「就是你們，打傷了我可憐的小寵物嗎？」

只聞其聲未見其人，然而只是一出口，除魔組的人不由得都打了個寒顫。一股寒意不受控制地從心口蔓延而出，幾乎將整個空間凍結。

「真是一群不友好的不速之客啊。」

韓瑟瞪大眼，看著從迷霧中走出來的高大身影，在看見對方的模樣後，他沙啞著聲音，幾乎是從喉嚨裡擠出來一句話。

「君王……利維坦。」

魔物君王，目前人類已知級別最高的魔物，沒有任何人類在他面前有還手之力。

利維坦輕笑一聲，「除魔組的各位大駕光臨，真是出乎我意料之外。沒有事先準備好招待事宜，真是怠慢了各位。」

他雖然笑著，但是身上散發出來的威壓，讓任何人都不敢小覷。俞銘緊握著槍，手心卻已被冷汗浸濕。

「不用這麼緊張。」利維坦笑道：「我這次的目標可不是你們。不如說，我們都是受害者，上了某些人的當呢。」

他從一出場，就沒有看向倒在地上的劉倩。哪怕此時劉倩掙扎著，驅動著四肢向他爬去，哀求地看著他，利維坦也只是看了一眼，隨即嫌棄地移開目光。

「你的目的是什麼？」俞銘咽了口口水，舉槍對著他，「為什麼把我們引誘過來！」

利維坦聳了聳肩，「我不是解釋了嗎，我也是受害者。」

「誰會相信魔物的話！」俞銘道：「你們這些怪物滿口都是謊言。這兩個女人想必也是被你欺騙，才會淪落到現在的處境！」

「真是冤枉，我可沒有欺騙她們。」利維坦笑，「只是一個交易，就像你們人類一樣，各取所需而已。」

俞銘憤怒：「你！」

韓瑟皺眉，斥責俞銘，「不要被他挑撥！」說完，他看向利維坦，「雖然不知道你的目的是什麼，但是一位君王出現在人類的城市，想必有其理由。你的理由，和這兩個人類有關嗎？」

利維坦瞇了瞇眼，收起笑容，壓迫隨之而來。

「我有義務告訴你嗎？」

「沒有。」韓瑟保持著鎮靜，「但我們也不能眼睜睜地看著魔物殘害人類，如果你還要繼續的話，恕我不能冷眼旁觀。」

利維坦感到自己被冒犯了，「就憑你？區區一個人類？」

「哪怕是區區人類，也有很多自保的方法。」韓瑟靜靜地與他對望，「不過如果因為區區人類而受傷，對君王來說很不值得吧。」

「你威脅我？」

「只是就事論事。」韓瑟道：「如果今天的相遇只是一場意外，我想在雙方做好準備前，這次能各退一步是最好不過。」

利維坦沉默了。

「設計你們來的，是另一個候選人。」

韓瑟眉頭一挑，沒有多問，顯然他也知道候選人這個名稱的含意。

「如果我們兩敗俱傷，想必正順了他的心意。的確，我不願意看見這個場面，但是就這樣放你們離開也很不甘心呢。」

「你與我們戰鬥，只會更加讓對方得逞。」

利維坦輕笑一聲，「狡猾的人類。」

與此同時，他的視線越過濃霧看向後方，似乎是透過這些迷霧，看著另一邊的某個對手。他低聲道：「更狡猾的，卻是那些傢伙啊。」

利維坦看著眼前的除魔組隊長，知道對方之所以敢與自己對峙，一定是有所依仗。在不知道對方的底牌前，他不會輕舉妄動。所以，選擇只有一個。

嫉妒之君王點燃自己周身的火焰，身影逐漸消散在火焰中。

「提醒你們，除魔組，在這個城市裡，有比我更難對付的傢伙。」

隨著他的消失，周圍的濃霧逐漸退散，天臺恢復成原來的模樣。

直到親眼看著利維坦離開，除魔組的人才長吁一口氣。

須臾，俞銘狠砸牆壁。

「可惡！」

這一次，除魔組算是被狠狠算計了一把，他不甘心，非常不甘心。

「抱歉，我失算了。」韓瑟蹲下身，對著重傷的元亮道歉，「我沒想到這一次竟然會牽扯到兩位君王，沒做好準備就讓你涉險，對不起。」

「你說什麼呢……隊長。」元亮咳嗽著，「什麼涉險不涉險的，說得我好像很沒用一樣。喂，我好歹也是精英耶，不要小瞧我哦，隊長。」

看他這時候還有心情開玩笑，韓瑟掀起嘴角。

「不過，這算是工傷吧。」元亮期待道：「回去可不可以申請補貼啊？」

韓瑟輕抬眉角，故意道：「這個嘛，我考慮考慮。」

元亮差點被氣得再吐一口血。

而扶著他的李晟，卻是一臉憂鬱，「這座城市竟然有兩位君王……隊長，你確定嗎？」

韓瑟站起身來，「無論如何，敢與利維坦對峙的魔物，絕對不是可以輕與之輩。」

他看著欄杆外，樓下穿梭的車流街道，沉聲道：「我會向上級申請，要求他們派出支援。」

「隊長。」元亮還在那裡不甘心地抗議，「我的福利……」

「以後再說。」

「隊長，你真的不再考慮一下幫我報工傷？」

「看你表現。」

「隊長……」

韓瑟不耐煩了，轉身瞪著元亮，「有什麼話一次說完。」

元亮抖了一下，一臉委屈，「我只是想說，剛才那兩個女人好像都不見了。」

其他人一愣，這才注意到原先在場的兩個人竟然都憑空消失了，彷彿從來沒出現過。

韓瑟直直看著空無一人的天臺，想起利維坦離去時說的那句話——

在這個城市裡，有比我更難對付的傢伙。

Chapter 19

嫉妒（終）

「大功告成！」

Jean歡呼一聲，憑空出現。

「我把人成功帶出來了。」

他看向王晨，一臉雀躍，彷彿在等待表揚。

王晨白了他一眼，「你剛才去哪了？」

一進入幻境，這個傢伙就不見蹤影了，這時才出現，還好意思要人表揚他？

Jean尷尬地笑了笑，安分了些。

王晨看向被帶回來的兩個人，或者說，一個人和一個怪物。

劉倩還被除魔組的光彈束縛著，躺在地上沒有動靜。甄芝站在一旁，不知所措地看向王晨。

「她怎麼了？」王晨代替甄芝問。

「反噬啊。」Jean道：「這次利維坦中了我們的計，已經徹底放棄她了。這個女人再過不久，就會墜入深淵。」

「深淵？」

「凡是犯下嫉妒之罪的人類，都會墮落到地獄深處，承受冰與火的炙烤，永世不得超生。」Jean 笑道：「人類不都是這麼說的嗎？」

「這竟然是真的？」王晨不敢置信。

「是不是真的，看了就知道。」

果然，不久後，劉倩身下浮現出一個黑色光圈，光圈如同吞噬人的泥沼，將她逐漸吞噬進去——直到她墜入深淵。

明明正在一點點被吞噬，劉倩卻一點反應都沒有，想必接連的打擊，已經讓她徹底死心。連利維坦都放棄了這顆棋子，她還有什麼用處呢？

然而——

「倩倩，倩倩！」

偏偏還有人那麼愚蠢，即使一而再、再而三地被傷害，卻依舊不忍心。

甄芝撲向光圈，卻怎麼都無法觸碰到劉倩，只能一次次地無助悲鳴。

劉倩動了動眼皮，轉動眼睛看向她，只見這個女人早已哭得不成人樣，沒了平日裡的清麗容貌。

「真醜。」劉倩看著她，突然笑了，「妳……現在好醜，又醜又笨，和我一樣。」

「沒有，沒有，倩倩最漂亮了！」甄芝拚命搖著頭，卻泣不成聲。明明即將消失的是劉倩，卻哭得彷彿是她自己一樣。

劉倩看著她，突然想起以前住在社區時，每一次她被外面的孩子欺負，甄芝都哭得比她還厲害。兩個孩子抱在一起痛哭，安慰人的一方卻哭得更大聲，那個場面，實在是有些滑稽。

那時候甄芝也是抱著她，哭著喊：倩倩最漂亮了。

在她被劉倩設計得失去未婚夫時，她這麼說。

在她被劉倩搶走原本屬於她的職位時，她這麼說。

直到現在，她還是這麼說。

這個女人好像從來都缺一根筋，不知道怎麼恨人，白長了一張好看的臉，卻沒有物盡其用。所以，劉倩時常在想，如果是我……如果擁有那漂亮臉蛋的是我，該有多好。然而這一刻，看著哭得滿臉鼻涕眼淚的甄芝，劉倩突然發現，自己一直嫉妒的這個人，其實並不算多漂亮。

那為什麼自己這二十幾年來卻念念不忘，認為她擁有令人矚目的容貌呢？

「倩倩，倩倩……不要走，妳不要走……」

臉上突然沾到一滴淚水，劉倩抬起頭，看見淚眼婆娑的甄芝正含淚看著自己，她突然明白，原來自己印象中最深刻的，是為自己流淚的甄芝。

劉倩只剩下頭部還未被吞噬，然而在這一刻，她想起了很久以前，自己追問母親的話。

有些人生來醜陋，有些人天生美麗。

為什麼我就該生來醜陋呢？小女孩這麼問。

母親是怎麼回答的？

真正的美麗，取決於妳的心。

所以，為朋友流下淚水的甄芝，才是美麗的。

劉倩輕笑一聲，「為什麼我……」

直到現在才明白啊。

她沒有說完，已經徹底墜入深淵。

「倩倩！」

甄芝抓著空無一物的地面，流著淚無法吭聲。

「妳不恨嗎？」

王晨站在她身邊，出聲道：「她三番兩次想要妳的命，如今她死了，為什麼妳會哭？」

「為什麼？我該恨她嗎？」

看著劉倩消失的地方，甄芝迷惘，「我不知道，不知道啊。」

知道劉倩想要殺她時，她是恐懼而憤怒的，有一種被背叛的痛苦，然而卻從始至終沒有想過要恨她。

早已深深藏進心裡的人，怎麼捨得把她從心窩裡掏出來，拿去恨呢？

看著失神的甄芝，王晨轉身看向Jean，「事情結束了，送她回去吧。」

Jean問：「要不要抹去她的記憶？反正我看她挺痛苦的，忘記了也好。」

畢竟，甄芝知道了太多的事。

王晨想了想，「不用了，也沒有用。」

「為什麼這麼說？」

「我不知道。」王晨道：「大概對於人類來說，忘記並不意味著救贖吧。」

「好吧，既然您這麼想。」Jean無奈，「對了，還沒有恭喜您，這次總算是贏了一次，了不起的勝利。」

「勝利嗎？」

王晨低聲念著，臉上卻不見笑容。明明不費力氣地擊敗了利維坦，為什麼他沒有獲得想像中的快感？

「殿下。」

就在此時，威廉從黑暗中出現，向王晨微微彎腰。「我來接您了。」

看著這位不知跑到哪去、現在才出現的魔物管家，王晨出口詢問。

「威廉。」

「是，殿下。」

「你說，嫉妒是什麼？」

「我不知道，那是人類才有的情緒。不過……」威廉抬起頭，看向自己的主人，「我想，那大概是一種無法控制的感情。」

因為無法控制，所以容易被操縱。

因為無法控制，所以深陷其中而不自知。

王晨突然明白，自己的挫敗感是從何而來。他並沒有打敗利維坦，過去、現在、未來，都不可能打敗他。

掌控嫉妒的君王，就算有一次小小的失利，也不可能永遠失敗。

只要人類還存在一天，就永遠無法消除這種感情，總是有數不清的人類，前仆後繼成為嫉妒的下一個祭品。

它深植在每個人心底深處，無法根除。

周而復始。

或許只是一件衣服，或許是一聲稱讚，或許是一場相遇。嫉妒很簡單，只需要滿足一個公式——你有，憑什麼我沒有？

這時候，它已經悄悄的，潛伏在你的心裡。

冥冥之中，惡魔這樣笑著說：

去吧，快去吧！去掠奪吧！

你想要掠奪誰的幸福？

你在——

嫉妒誰呢？

——《滅世審判01》完

高寶書版集團
gobooks.com.tw

輕世代 FW138
滅世審判01

作　　者　YY的劣跡
繪　　者　水　々
編　　輯　林紓平
校　　對　林思妤
美術編輯　陸聖欣
排　　版　彭立瑋
責任企劃　林佩蓉

發 行 人　朱凱蕾
出　　版　英屬維京群島商高寶國際有限公司臺灣分公司
Global Group Holdings, Ltd.
地　　址　臺北市內湖區洲子街88號3樓
網　　址　www.gobooks.com.tw
電　　話　(02) 27992788
電　　郵　readers@gobooks.com.tw（讀者服務部）
pr@gobooks.com.tw（公關諮詢部）
傳　　真　出版部　(02) 27990909　行銷部 (02) 27993088
郵政劃撥　50404557
戶　　名　三日月書版股份有限公司
發　　行　三日月書版股份有限公司/Printed in Taiwan
初版日期　2015年5月
二刷日期　2019年5月

國家圖書館出版品預行編目(CIP)資料

滅世審判 / YY的劣跡著.-- 初版. -- 臺北市 : 高寶國際, 2015.05-
冊； 公分. --

ISBN 978-986-361-137-0(第1冊 : 平裝)

857.7　104003626

三日月書版

三日月書版